麦田 阳光

美 丽 乡 村 助 读 书 系

乡村助读，让中国的乡村
从风景到精神愈加美丽。

麦田阳光

美丽乡村助读书系

乡村助读，让中国的乡村
从风景到精神愈加美丽。

故乡有庭院

GUXIANG YOU TINGYUAN

高洪波 顾问　陈彦玲 主编

安武林 著

山西出版传媒集团　山西教育出版社

图书在版编目（CIP）数据

故乡有庭院 / 安武林著. — 太原 ：山西教育出版社，2021.6

（“阳光麦田”系列 / 陈彦玲主编）

ISBN 978-7-5703-0292-5

Ⅰ. ①故… Ⅱ. ①安… Ⅲ. ①中国文学—当代文学—作品综合集 Ⅳ. ①I217.2

中国版本图书馆 CIP 数据核字（2021）第 009683 号

故乡有庭院

GUXIANG YOU TINGYUAN

出版人 李　飞
选题策划 李梦燕
责任编辑 李梦燕
复　　审 海晓丽
终　　审 康　健
装帧设计 王春声　薛　菲
印装监制 蔡　洁

出版发行 山西出版传媒集团·山西教育出版社
（太原市水西门街馒头巷 7 号　电话：0351-4729801　邮编：030002）
印　　装 山西基因包装印刷科技股份有限公司

开　　本 890×1240　1/32
印　　张 5.5
字　　数 84 千字
版　　次 2021 年 6 月第 1 版　2021 年 6 月山西第 1 次印刷
书　　号 ISBN 978-7-5703-0292-5
定　　价 25.00 元

根植乡野，眺望远方（代序）

李东华

把“美丽乡村助读书系”做成精品，为新时代新乡村新少年的成长助力，这个美好心愿，把出版者、策划人、作家、编辑聚集在一起，大家郑重其事地播下种子，然后怀着庄重而又快乐的心情，等待所有努力慢慢发芽。

我曾经有幸数次参加“我的书屋我的梦”乡村少年儿童阅读实践活动征文的评审工作，印象最深的就是2019年。面对从海量征文中初选出的近千篇作品，我油然而生一种“一夜好风吹，新花一万枝”的惊艳感。按照评委会要求，终评委们需要优中选优，再从中挑出几十篇最终获奖文章，这可让我犯了选择困难症，因为每一篇都像枝头迎着东风初绽的花朵，各有各的姿态，各有各的鲜妍，共同构成了蓬勃的春天，哪一朵都可爱得叫人不忍心舍弃。

但我想，我的这种“纠结”是一种喜滋滋的纠结——让人一下子就能感觉到，无论大江南北，全国各地乡村的孩子们，并不是仅仅某一地因为水土适宜而长势良好，而是齐刷刷地在拔节成长。这算是从空间这个维度的横向比较。再沿着时间轴纵向来看，我们可以清晰地感受到这几年的征文质量一年比一年高。从这些或长或短的文章中可以看出，孩子们的阅读内容越来越丰富了，小说、童话、诗歌，科幻、军事、历史、天文、地理……不同体裁不同领域，不论古今中外，凡属人类留下的智慧结晶，都在他们尚属稚嫩却又充满好奇的目光之内，都留下了他们求知和探索的小小脚印。

我想，也正是因为阅读的广博，让他们不管是生长于哪片偏僻的乡野，都能够从浩瀚的书海中汲取无穷无尽的滋养，获得世界性的视野。你能够从字里行间捕捉到一种“初生牛犊不怕虎”的淋漓元气，一种与周围世界、与他人、与自我对话时落落大方的自信表情，一种对祖国、对人类、对万事万物的真挚的爱。而这一切的呈现，又依赖于他们对于语言文字的日渐流畅的、自如的运用。

俗话说“熟读唐诗三百首，不会写诗也会吟”，阅读对于一个人写作能力的反哺，是这些征文给予我的第一个鲜明印象。

那些已初步呈现出汉语言之美的遣词造句，那些灵动的、智慧的表达，那些对于生活细节的敏锐、精准的描摹，那些既充满孩子气又闪耀着思想光芒的惊人之语，都无不让人生发“后生可畏”的赞叹。

所以说，尽管摆在眼前的是一篇篇无言的征文，却分明让人看到了征文背后所站立的那一个个活泼泼的、天真烂漫的孩子，看到了新时代乡村少年儿童因阅读的积累而敢于讲述的不一样的“中国故事”。

对于孩子和国家、民族的关系，已经有很多精辟的认识和论述。“孩子是祖国的花朵”，“孩子是民族的未来”，“少年强则中国强”。然而，如果希望孩子们能撑起国家的明天，他们首先要撑起自己的明天，而阅读则是他们撬动未来命运的支点。“忠厚传家久，诗书继世长”，这是在中国乡间最常见的对联，一代又一代的人家将它贴在大门上，可见在我们民族的潜意识中，书籍和人品是支撑一个国、一个家千秋万代延续下去的两根最坚实的立柱。将这样的对联贴在家门上，贴在最显眼的地方，就是在每时每刻提醒每一个人。我想这是一个有着五千年璀璨文明的民族最智慧的共识。而要把这一共识真正落到实处，最需要着力的地方就是乡村了。

相比于有父母督促而阅读环境更优越的都市孩子来说，乡村孩子的阅读可能更需要政府、社会的引领，尤其是数千万父母不在身边的留守儿童，阅读既是他们获取知识的有效途径，更是滋养他们心灵的精神引领。

我常常想，一个人需要有自己的书柜，一个家庭需要有自己的书房，一个城市需要有自己的公共图书馆，那么一个乡村，当然更需要有自己的书屋。

阅读"'阳光麦田'美丽乡村助读书系"这套小书，对孩子们来说，能够得到的是思想和精神上潜移默化的熏陶和滋养。而持续地写作、出版一些适合乡村孩子阅读的好书，让这些书在助力乡村少年儿童阅读方面发挥作用，无疑是功在当代，利在千秋的事业——我们不妨来个小小的假设，全国有六十多万个乡村，假设每个乡村书屋中的书籍，能够像投入湖心的石子，哪怕只在十个孩子的心中荡起涟漪，那么全国就会有六百多万个乡村孩子从阅读中受益。

美丽乡村既要实现生态意义上的"绿水青山"，也要构建精神层面的"绿水青山"，从这个意义上讲，用优质图书和阅读协助、帮助、辅助乡村阅读，繁荣乡村文化，是建设美丽乡村的有效路径。

面对这些适合乡村少年儿童阅读的文字，我似乎可以看到，未来的他们，因今天的阅读引领而描绘出自己的梦和憧憬。

这些梦，将根植于他们生活的山乡旷野，更将呼应着远方的星辰大海。

目录

故乡的芦苇

题记

一片片，一丛丛，像绿色的火在燃烧。风一吹，那真叫熊熊燃烧呢。这青青葱葱的绿色，给荒芜的故乡增加了不少生命的活力。

故乡的芦苇，在我印象中只有两种色彩，要么是绿得郁郁葱葱，要么是黄得壮壮烈烈。一年之中，变化仅此二种。若说其中微妙的变化，倒是没有特别的留意，只能怪自己粗心和缺乏耐心了。

我家在小村的东头居住，与小河距离不是特别远，如果一溜儿小跑的话，几分钟就到。要是把小河分为上游和下游的话，那么以小河桥为界，芦苇都在下游。而这条小河是南北走向。芦苇是喜欢群聚的植物，肩并肩，手拉手，脚勾脚，显得很是亲密。若是没有火或者刀这样的东西，恐怕很难能把他们分开。

我很小的时候，对芦苇很喜欢，但又充满了敬畏之情。我打猪草的时候，一般只是在芦苇的旁边活动，并不敢走近。芦苇是生长在沼泽地里的，芦苇丛中的地不仅松软，而且精湿，一踩上去，总是担心双脚会陷进去。大多数人天生惧怕软体生物，这感觉和踩到这个沼泽地的感觉好有一比，都是怕有什么未知的陷阱，心里不踏实。所以我对芦苇丛一般敬而远之。

故乡的芦苇，没有很粗壮的，就像竹子里的毛竹一样，都比较纤细，没有什么实际的用途。家里炕上的苇席，怕是粗些的芦苇才能做材料。故乡这些芦苇，唯一的用处，就是供盖房子用。用细麻绳子把芦苇扎得密密实实的，放在椽上面，摊开，上面再浇泥，然后把瓦弄上去。家乡的瓦房都是这么盖成的。

我喜欢绿的时候的芦苇，一片片，一丛丛，像绿色的火在燃烧。风一吹，那真叫熊熊燃烧呢。这青青葱葱的绿色，给荒芜的故乡增加了不少生命的活力。它是故乡一道迷人的风景线。虽然故乡也有树，有草，但都不成气候，好像兄弟们在怄气似的，东一棵，西一株的。只有道路两旁的树，才有亲密的感觉。芦苇绿的时候，我喜欢探头探脑地向芦苇丛里面张望，似乎里面藏着无数个秘密。那草，娇嫩；那叶子，鲜艳，好像从这一边就能看到那一边。还有些细小的藤蔓植物，轻轻地搭在芦苇的身上，好像怕芦苇生气一样，赔着十二万分的小心，而且，随时准备逃跑。芦苇丛中，有细细的水流声，而风吹动芦苇的沙沙声，是温柔的，也格外好听。我很喜欢一种叫猪耳朵的草，绿得发亮，骄傲地挺着身子，它和田埂上的车前草非常相似，简直就像亲兄弟。据说猪吃了这种草很上膘，但我只有眼巴巴地看着，不敢下去割。

有时候，我会找一根芦苇，用镰刀把它做成芦笛，然后自己用力地吹呀吹呀，吹出满心的欢喜，吹走满身的孤独和寂寞。这个时候，自己常常感动自己。芦苇太锋利了，甚至比镰刀的刀锋还锋利，我做芦笛时，一不小心手指头就会被拉开一个长长的口子。起初，感觉不到疼的，我赶紧抓一把细碎的沙子敷在伤口上，止血。这是我们小时候止血的一种良方。后来才知道，有两种中草药，大蓟和小蓟，止血凉血有奇特的功效，而且遍地都是。我会把它们的叶子拧碎，挤出汁来涂在流血的伤口上，紧紧用手摁住。但随之而来的，就是钻心般的疼痛。我曾经尝试过走进芦苇丛中去，我的脚心也被昔日的芦苇碴子扎过，所以，对于一切美的东西，我都有一种畏惧的心理。这生活的经验，似乎都是从小事中积累的。

美是有杀伤力的。

芦苇丛中，有一种叫作苇喳喳的鸟儿，叫起来很特别。听惯了麻雀和喜鹊的叫声，初听苇鸟的叫声，很不习惯。它的声音短促有力，而且像是用石子儿在水面上打出的水漂儿一样，更像是这种鸟的嘴里含着什么珠子在滚动一样。夏天芦苇丛里热气腾腾，这种鸟儿差不多就像是树上的知了一样惹人讨厌了。不知道为什么，在上体育课的时候，听老师吹哨子，我就能想起芦苇丛中苇鸟的尖叫声。

芦苇黄了的时候，是另外一番景致。一片片，黄澄澄的，犹如金子一般，在阳光下，散发着耀眼的光芒。风一吹，哗啦啦地响，那响声，比绿色芦苇的响声要嘹亮多了。尤其是那柔情万种的芦花，绰约多姿，芦花飘扬的时候，如飞雪一样迷人。但我总是躲得远远的，比芦苇绿的时候躲得更远。据村里老人说，芦花呼吸进肺里，容易流鼻血。我不知道是不是真的，但这传说犹如童年的禁忌一样，让我始终和芦花保持距离。尽管后来“蒹葭苍苍”的诗句差不多融化了我，我依然不能全心全意地爱它。

故乡的芦苇，比不得荷花淀的芦苇，也比不得曹文轩笔下《草房子》里的芦苇，但它毕竟和故乡有关，和我的童年有关。即便那个时候我认为故乡的芦苇是世界上最美的芦苇、最大的芦苇，我也不会因此而感到羞愧。

河边青青草

题记

微风中，旋复花微苦的味道，薄荷草清香的味道，各种花儿的味道，像是裹着团儿的雪球，直往人的鼻孔里钻。

一条弯弯的小河，清澈见底。

从村头流过。从村的东头流过。太阳像个顽皮的孩子，每天都要在清浅的小河里浮浮沉沉，然后才恋恋不舍地离去。

春天，一树一树的翠柳依依。

夏天，一树一树的白杨亭亭。

秋天，白云挂在树梢上，像一棵一棵开花的树。

冬天，薄薄的冰片结在河面上，像晶莹的水晶。

一个孩子，挎着篮子，蹲在地上打猪草。

河边草青青。

叶子宽大的车前草，长着锯齿一样叶片的蒲公英，银白色的丝绒一样的茵陈，开着向日葵一样花朵的旋复花，叶片上布满网格的薄荷草，厚实的木木呆呆的苍耳，开着紫色花朵的紫花地丁……长满了小河的两岸。

潮湿的地气，湿润的水气，在河边弥漫。

微风中，旋复花微苦的味道，薄荷草清香的味道，各种花儿的味道，像是裹着团儿的雪球，直往人的鼻孔里钻。打一个喷嚏，肺里面喷出来的全是花的香气。

有一种草，细细的，只有茎，没有叶子，灰绿色的，一节一节的交界处倒是有些银白的苔藓一样的东西，像是被涂了什么液体。学名记不得了，小时候人们叫它节节草。

节节草像螺帽和螺丝一样，一节一节可以拔出来。

小河的源头，是几眼小清泉。在河的两岸，土地松软，走上去，鞋子好像都能陷进去。而用手挖几下，就可以挖出水来。

那个时候，水真多，草真绿，天真蓝。

小河里面，长满了水草，那草嫩得绿得发亮。草叶儿圆圆的，像是用圆规画出来的。

小河的归处，是一个大水库。很奇怪，水流从小到大，河面由窄到宽，河里面的植物也有些变化。

在小石桥的那一边，到处都是绿色的芦苇。芦苇荡里，苇鸟的声音此起彼伏，嘹亮地响着。苇鸟的声音很奇怪，有时候急促，有时候悠扬；有时候清脆，有时候雄浑。

一个孩子，挎着篮子，蹲在地上打猪草。

他疲惫的时候，就靠在一棵柳树上，从篮子里取出一本书，恬静地读着。

他忧伤的时候，就削一支芦笛，用力地吹着。

孤独的群山，一抹青黛，似乎蕴藏着无数秘密。

芦笛欢乐的音符，在辽阔的天空下回荡，像深情的倾诉。

黄昏的时候，他弯腰在每一棵白杨树上寻觅。天快黑了，那些蝉蛹就纷纷爬出来了。它们总是趁着人们不注意的时候，完成生命的蜕变。最初的时候，它从蝉蛹里爬出来，通体都是绿色的；待不了多久，软乎乎的身子就变得硬朗了。这个时候，它就变成了黑色的，翅膀闪闪发亮，身上像上了一层釉似的光彩照人。

而空荡荡的蝉蜕，就留在树上了。

总有些人喜欢在黄昏的时候，坐在小石桥的石头上。那些人是老人，孩子们是坐不住的。他们一声不响，就坐在那里，像个泥雕。小河里的水流潺潺声，草丛中的蛙鸣声，交织在一起。一团一团的萤火虫，像是举办舞会一样飞舞盘旋，忙碌不停。

一个孩子，把石子儿远远地扔进小河里。那响声，给孩子以快乐。

河边青青草，草的上面是高高低低的树，白杨树，翠柳，洋槐树，泡桐树。没有更多的树种，简单而又丰盈。

那个时候，一切都很近，伸手似乎就可以抓下一大块蓝天。

那个时候，一切都很远，淘气的风踩着草、踩着庄稼向远方奔去。

温馨的景色，温暖的大地，温柔的天空，温润的梦……

一个孩子，总是在黑夜中迷醉，莫名地为月色感动。当他悄悄地带上门的时候，爷爷总是在半梦半醒般中说："把门关上！"

秋天，芦苇一片金黄，风一吹，荻花如雪一样纷纷，那样壮观，那样有气魄。

那个时候的冬天，雪很多，雪很厚。孩子们打雪仗，堆雪人，到处都是他们兴奋的尖叫声。

那些草呢？那些吹口气就能化掉的水草呢？在做梦吗？

在薄薄的冰凌下。

童年，在草里走过，在草里躺过，在草里滚过，还丢失过清晰的脚印和纯洁的笑声。

河边青青草，河边草青青。

很多年很多年过去了，小河干涸了，后来被修成了马路，盖上了房子。

那些小草还在，像一个个绿色的小精灵，在我的梦里；在向我狂奔而来……

枣影婆娑

题记

我喜欢在有月亮的夏夜，在枣树下面铺一张苇席，感受着清凉的风，看枣影婆娑，这时会产生很多奇怪而又美丽的念头。

我家的小院里，有五棵枣树。

粗细差不多，可能是同时栽下的吧。奇怪的是，十年，二十年，几乎不见它们成长。大概是生长很不容易的缘故吧。

童年的时候，我很不喜欢枣树。不喜欢它冬天的样子，光秃秃的，黑黑的，弯弯曲曲，疙疙瘩瘩的。树身上尽是细细的裂纹。视觉上的粗糙之状，给人带来不舒服的感觉。

春天，当它冒出小小的芽儿，我又喜欢上它了。它细小的叶子，犹如娇嫩的榆钱儿，给人一种愉悦的感觉。那样细腻、清新的叶子，长在粗糙和充满沧桑感的枝干上，好像是一个生命的魂魄和精神附着在另一个生命的身上了。它们如此不和谐，但又如此完美地搭配在一起。

叶子一天天变得深绿，夏天就来了。那些叶子，仿佛是上了釉一般，在阳光下闪耀着绿色的光芒。而爷爷，喜欢搬一把躺椅，摇着芭蕉扇，坐在枣树底下。叶影斑驳，星星点点，撒落在地上，撒落在爷爷的身上。

爷爷常常是侧着脑袋，呼呼大睡。枣树叶儿摇着，带来了习习的微风。

枣树开花的时候，我很惊讶。那点点滴滴的米黄色，犹如米粒般，那么小，那么平凡，我几乎都不会把它当作花儿。大自然的神奇和瑰丽，都在这枣树上体现得淋漓尽致。看看这枣花，谁能想到那红宝石一样的枣子，是它孕育出来的呢？

我始终对枣树保持着敬畏，觉得它能给我一种力量，一种精神上的引领。

我听说枣树是不能做木材的，也就是说不能打造什么木器，唯一的用途，好像是可以做镰刀的木把儿，结实。乡下农民收割麦子用的镰刀，把儿几乎都是枣树做的。木把儿如果是用别的木材做，只要拿在手里，轻轻那么一抖，就能辨别出来。它比一般的木头要沉一些。

我家的五棵枣树，不是同一品种的。两棵枣树结出的枣儿，是长形的，三棵枣树结出来的枣子，是圆形的。我不知道它们叫什么名字，但那长形的枣子，爷爷说是木头枣。很奇怪，怎么会有这样一个名字？

民间的许许多多知识，是无法考证的，在科学上也是找不到答案的。那是约定俗成的东西。这木头枣，可能是取之于它的味道。长形的枣，不管长得多大，只要是很青很青的时候，吃起来总是没有味道的，如同木头的味道一样。只有红了，才很甜很甜。我想，木头枣的名字可能就是这样来的。那圆形的枣就不一样了，尽管还青着，只要足够大，它就甜滋滋的了。

当枣儿快要熟了的时候，枝头上就硕果累累了。所有的枝头，都像成熟的谷穗一样，下垂着，像是一个个害羞的小姑娘。

我惊讶，而且还担心，那么纤细的小枝儿，怎么能负担起那么重的果实呢?

枣儿熟透了。我是够不着的，踩着凳子也不行。和别的男孩子不一样的是，我从小就没有学会爬树，所以，只能指望爷爷来帮我。爷爷的力气很大，他抱着树摇几下，那枣儿就会像雨点一样，噼里啪啦落一地。有时候，爷爷会拿木棒轻轻地敲枣树。

有一个雨天，我抱着枣树摇了几下，落下了几颗枣子，爷爷看见后，训斥了我一顿。他说，雨天不能摇枣树，否则明年就不结枣子了。我不知道这是否有科学道理，但爷爷那么一说，我真的不敢在雨天摇枣树了。

生命都有禁忌，人对生命的敬畏，大致就是对禁忌的恪守吧。

我喜欢在有月亮的夏夜，在枣树下面铺一张苇席，感受着清凉的风，看枣影婆娑，这时会产生很多奇怪而又美丽的念头。星星会不会掉下来？月亮会不会掉下来？墙角里有虫子的鸣叫声轻轻传来，这夜晚是多么的宁静。

总是在迷迷糊糊快要睡着的时候，被爷爷叫醒。爷爷从来不让我在院子里睡觉。他说，风一吹，那些虫子们就跑出来了。蝎子啦，土鳖虫啊，蜈蚣呀，蚂蚁呀。我特别怕这些虫子，怕它们在我睡着的时候，钻到我的耳朵里去。有时候，我躺在苇席上，就往耳朵里塞两团棉花，这样心里才踏实。偶尔，我会伸个懒腰，打个哈欠。两只手放在苇席上的时候，一只手会突然摸到一只毛茸茸的虫子。我的脑袋顿时就大了，汗毛似乎都竖了起来。但我也很恼怒，受到惊吓，我会非常痛恨虫子。我跳起来，脱下鞋子，非要拍死那只虫子不可。

那一年夏天，我读小学五年级。我逃了几天课，被爷爷知道了。爷爷怒气冲天，他一生为人正直，非常讨厌歪门邪道的行为。他找来一根绳子，是捆绑庄稼用的那种麻绳，把我结结实实地绑在枣树上。全家人大气都不敢吭，没有人帮我说情，也不敢。

爷爷大声警告全家人："谁也不许把绳子解开!"

夏天很热，这个时候，我就恨枣树的叶子太细小了，要是能有像泡桐树那样的大叶子就好了。那叶子，一片叶子像一把小伞，可以帮我挡住阳光。那细细碎碎的枣树叶子，那小小的荫凉，宛如人穿的纱衣一样，能挡住什么？不一会儿，我脸上的汗就下来了。

过了好大一会儿，母亲悄悄地溜了出来，帮我解开了绳子，小声对我说："以后不要逃学了啊。再要逃学，我可帮不了你啦。出去吧，你爷爷睡着了，等你回来他气儿就消了！"母亲一松开我，我飞也似的逃出了家门。果然，吃饭的时候，爷爷一句都没提我怎么跑掉的，只是铁青着脸。

很多年过去了，母亲、爷爷、奶奶相继过世，我童年少年时代住过的窑洞也塌了。等我回到家里的时候，发现那几棵枣树都不在了。我诧异地问父亲怎么回事，父亲说，那些枣树全死了。我心里很悲凉，也许它们都是有灵性的吧，它们跟随着那些远去的亲人，在另一个世界去郁郁葱葱了。

枣影婆娑，摇我，这一颗永远都不圆润的枣子。

老　　人

题记

美丽和哀愁，幸福和悲伤，都是自己院子里枝头上的果子。开出鲜花和结出果实是我们每一个人的人生希冀。

老人的家和我家仅一墙之隔，一堵很厚很厚的墙。

老人有一座宽大的院子，院子里长满了梨树、杏树、榆树和刺槐树。老人在世的时候我去过院子一两次，后来再也没有去过。

老人的院子里有一种神秘而又令人恐惧的色彩。走进那座院子，我的心就跳个不停。我颤抖着问："有人吗？"老人走出来，我的心才踏实下来。老人住的是窑洞，窑洞正好背对着太阳，屋子里黑暗而又阴冷。

那次，是爷爷让我给老人送酒的。

老人的身材很高大，但有点佝偻。他的头顶上光滑得犹如玻璃，没有一根头发。他的牙齿全部脱落了，一笑，黑洞洞的，挺吓人。

老人家里的胡同和我家的胡同的交界处，是王大伯家。王大伯家的门口有一块专门供人闲坐的方石头，午后，我常常喜欢坐在石头上想入非非。那是一个很安全的场所。

老人没有儿女吗？没有亲人吗？他住在那座院子里寂寞和害怕吗？我瞅着老人用木板钉成的门，满腹心事地想象着老人的生活。听我奶奶说，老人挺可怜。老人年轻时候脾气暴躁，老伴儿带着儿女远走他乡了。

老人一个人，过了大半生。

夏天，我坐在方石上，总渴望倾听老人的木门响。吱呀一声，老人弯着腰从低矮的门里走出来了，见到我，先是一笑，然后再抚摸我的脑袋。他笑得很慈祥，我看不见他的眼睛了。

老人从口袋里掏出几枚黄澄澄的杏子，如鸡蛋那么大，塞进我的手心里。我高兴，但从不说谢谢。乡下人的感激和喜悦都刻在脸上。老人的杏子是甜仁的，吃了杏肉，还可以砸开杏壳掏杏仁吃。

有一次，老人从家里出来，又看见了坐在方石上的我。他好像忘了什么似的，拖着笨重而又僵硬的步子折回去了。我好奇地望着他转回去的身影。不一会儿，他又走出来了。哦，他是回去给我取杏子了。

老人每天都去捡粪。他扛着铁锹和粪篓子，走得很远很远，一直捡到和邻村交界的地方。风里雨里，冰天雪地，没有什么可以妨碍他的。天刚麻麻亮时，我去上学，总会和老人在胡同的转弯处不期而遇。

老人神色庄重，脚步匆匆，像是去参加什么重大的仪式一样。他顾不得和我打招呼，一摇一晃地向远方走去。他脚上穿着一双棉布鞋，布鞋在地上发出沙沙的响声。那种响声划伤了我的记忆，记忆的深处总有一份美丽的疼痛和淡淡的忧伤。

离开村庄很久后，听说老人已溘然长逝。村里人说，老人是捡了一次粪之后，回家睡着的。一睡，就进入了另一个世界。老人是好走的，好好走的，没有遭受痛苦和折磨。

人都在忙忙碌碌奔波着，也都如老人一样在向另一个世界走去。美丽和哀愁，幸福和悲伤，都是自己院子里枝头上的果子。开出鲜花和结出果实是我们每一个人的人生希冀。芬芳和甘甜没有一样东西能从这个世界上带走，最终都得留下。但是，我们也留下了灿烂的诗情和鲜艳的灵魂。

老人坐在花朵和果实的中间，花朵和果实里有老人的气息。

怀念老人，不仅仅是一份温暖和感动。

丑　婆

题记

我们品尝着桑葚的甜蜜，却不知道丑婆就是那棵生长着快乐的大树。

丑婆家的朱漆大门，一年四季都紧紧关着。高高的院墙内，住着无儿无女没有亲人的丑婆。听大人们形容丑婆：矮小；小脚；一脸的麻子；眼睛是一条很小的缝，可能根本看不见东西；嘴脸的形状和原始人差不多。

村里经常有丑婆的传说，我们这些孩子像听鬼怪故事一样，怀着既兴奋又惧怕的心情，渴望多知道一些有关丑婆的事情。听得多了，我们把丑婆当成了恐吓女孩子的法宝。黄昏时分，我们几个淘气的男孩子，故意躲在暗处，看见胆小的女孩子走来，就会出其不意拉长腔调说：我是丑婆，小丫头，让我亲亲你。那些女孩子保准吓得哭鼻子，而我们则在她们背后哈哈大笑。

我们故意吓唬女孩子，其实我们心里也很虚。若是有人像我们一样，在背后给我们来这么一家伙，没准儿我们也会丑态百出。有几次，我们几个胆大的男孩，轻手轻脚走到丑婆的门前，趴在门缝向里瞧。丑婆的门正对着一堵剥落的照壁，里面什么都看不见。可我们却得意非凡，像玩打仗的游戏得胜了一样，雄赳赳气昂昂回家了。

第二天，我们开始向其他同学吹嘘：啊，我看见了丑婆；丑婆还冲我乐呢；丑婆还同我说了话；丑婆还邀请我去她家玩。我们各自发挥自己的想象力，绘声绘色地描绘丑婆的形象和神态以及各种细节。我们所说的，不外乎还是大人们常常形容的丑婆那样子。尽管这样，其他的同学还是伸长脖子，支棱着耳朵，羡慕地听我们讲丑婆的故事。

我们都没有见过丑婆，却知道她很丑很可怕，和一个怪物差不多。丑婆很少在村里走动，所以愈发显得神秘。据我母亲讲，丑婆是害怕把孩子吓着，所以她一般在黑夜里出门。一到晚上，我们这些孩子就不敢出门了，老老实实地待在父母的身边，真怕晚上出门会和丑婆偶尔撞上。

桑葚熟了的时候，我的一个远房亲戚照例会送来肥嘟嘟的桑葚。一年一度从不间断。我很奇怪，我的远房亲戚总是趁我不在家的时候送桑葚来。有一次，我实在忍不住了，便去问母亲，何时去看看远方的亲戚。母亲搪塞说，路很远很远，你走不动。再远，也应该去看看呀，人家那么大老远能给我送桑葚来，你们就不能带我去看看人家？母亲的脸一阵红一阵白，但不对我做出正面的解释和答复，好像有什么难言之隐。

一天晚上，我正睡得迷糊，突然被一阵剧烈的争吵声惊醒了。爸爸说：孩子大了，咱们不能永远瞒着他，再说，这太不公平了。母亲嗫嚅着说：我不是担心咱们的孩子吗？爸爸说：丑婆刚刚来过，你没看见她的神态吗？她多想看看咱们的孩子，多想亲手抚摸一下咱们孩子的脸。可是，她没有，她害怕弄醒孩子，更怕惊吓着孩子。你觉得村里的路好走吗？黑灯瞎火的，丑婆还是一对小脚！母亲不再吱声，显然，她被爸爸说服了。

爸爸和缓了一下语气，接着又说：孩子每年都吃着丑婆的桑葚，享受着她的爱，我们却不敢向孩子坦白，至少，我们的孩子应该当面谢谢人家才对。咱家的杏子不是熟了吗？挑一些个大熟透的，让孩子给丑婆送去。

啊，是丑婆？我惊讶地张大了嘴巴，差点没喊出声来。丑婆刚刚还来过，我在睡梦中的时候她来过了。我很懊悔，没能偷偷看一眼丑婆。她家有一株硕大的桑葚树，我们这些孩子都是树上的小鸟。我们品尝着桑葚的甜蜜，却不知道丑婆就是那棵生长着快乐的大树。

父母吹灭了灯，休息了。他们商定好，明天由我去送杏子给丑婆。

那一夜，我失眠了，翻来覆去想着丑婆。我口中念念有词：丑婆，丑婆，我给你送杏子来了，请你开门。

啊，我不害怕，我的声音没有走调。我对自己说。

爷爷的草帽

题记

每一次拍打，在草帽的缝隙间，总会腾起一点淡淡的尘埃，尘埃里面总会有股很特别的味道，既陈腐，又温暖。

爷爷的草帽，如一支古老的歌谣，叮叮咚咚响在往昔的岁月里。

爷爷的草帽，静静地悬挂在我家洁白的墙壁上。大概每个老人都有固执的习惯，而爷爷则偏爱他的那顶草帽。一顶草帽虽不值钱，对爷爷来说，却倾注着他诸多的感情。

打我记事起，爷爷的草帽就挂在那儿，白白的穗儿，闪着光泽的麦秸，上面还印着几个鲜红而又醒目的大字：为人民服务。

雨天，或是艳阳高照，爷爷出门时总忘不了把草帽取下来，往头顶上一扣，然后晃晃悠悠走出家门；回得家来，又习惯地往墙上一挂。那一刻，他的目光和眼神慈祥极了，柔和极了。

奶奶说，那是爷爷当年下乡支农时发的奖品。奶奶说，你爷爷当年可威风了。奶奶指着一张黑白照片说：瞧，那就是你爷爷。

照片中的爷爷身着白汗衫，头顶草帽，手持镰刀，正猫着腰割麦。可能累了，抑或是想伸一下腰，他把微笑着的挂满汗珠的脸庞抬了起来。恰巧，县里几个领导来村里检查夏收的情况，打此经过，摄影师不失时机地按下了快门。

那时，爷爷是镇供销社的一名职工。

日复一日，年复一年，草帽不知经历了多少尘世的风雨，历经了多少人世的沧桑，原先的光泽没有了，渐渐变得发黄、暗淡，上面的几个字也快褪尽了颜色。可是爷爷一直舍不得扔。奶奶很理解爷爷，过一段时间就把草帽取下来，拍打拍打，清洗清洗，在外面晾晾。

草帽没有什么实用价值了，村里几乎无人戴草帽了。爷爷的草帽挂在那里，实在有点碍眼。更何况草帽已经千疮百孔，根本不能挡雨挡阳光了。

我对奶奶说：奶奶，扔了算啦。

奶奶赶忙阻止我：林娃，不敢不敢，这话莫在你爷爷面前讲，他会生气发火的。

草帽由新变旧，由旧变破。我和弟弟一商量，得，干脆给爷爷买一把伞得了，免得他老舍不下那顶破草帽。外人见了肯定会笑话的，说我们穷得没法过了，让爷爷遭罪。

伞刚买回来，爷爷很惊奇，觉得很新鲜。他一推一拉，一张一合，试过之后，便把伞往炕上一扔说：得了，还不够麻烦的时间呢，哪有我的草帽爽快。

妹妹一向嘴快，一不留神就忘了奶奶的嘱咐。她快言快语地说：一顶又旧又破的草帽，丢在街上恐怕还没人捡呢，爷爷，把它扔了吧。

爷爷听了勃然大怒，气咻咻地呵斥妹妹：旧了破了就没用啦？爷爷年纪大了，又干不动活了，你把爷爷一块儿扔了算啦！

我们面面相觑，不敢吱声。

话说到这份上，谁还敢争辩。这不明摆着吗？草帽就是爷爷，尽管爷爷不是草帽。我们觉得爷爷太不可理喻了。

爷爷年事已高，不大走动了，常常躺在炕上，他有时向草帽看上几眼，可能是一种安慰，或是精神寄托，或者草帽勾起了他什么回忆。有时，我们也把它拿在阳光下晒一晒，或者清洗清洗，拍打拍打。每一次拍打，在草帽的缝隙间，总会腾起一点淡淡的尘埃，尘埃里面总会有股很特别的味道，既陈腐，又温暖。

爷爷去世那一年，草帽还静静地挂在那儿。它像童年我住过的窑洞和长大后爷爷的神态一样。当我想抚摸那顶草帽的时候，奶奶来到了我的身边。

奶奶说：林娃，把你爷爷的草帽放在坟头上烧了，让他带走吧。放在这里，挺碍眼的。说着，奶奶的眼角滴下一颗好大的泪珠。想想也是，放在这里，不是让奶奶触景生情无端伤感吗？

我很想哭，是啊，那是爷爷的草帽，那是爷爷，我们留不住他老人家。就连这一顶草帽也留不住，悠悠岁月，我们能留下什么？

半年之后，奶奶也过世了，他们到另一个世界做伴去了。

在另一个世界，爷爷的草帽又挂在哪里呢？

槐花情

题记

虽然说苦难使人早熟，但你隐匿了苦难，所以我一直生活在你的美丽和芬芳里，甚至，我连身边氤氲的爱意都看不清。

靠着我家院子的墙根儿，长着一株粗壮的槐花树。

槐花树上，年年岁岁挂满槐花，从未因干旱和雨涝而间断过。槐花开放的季节，一嘟噜一嘟噜的，如阳光的嘴唇一样妩媚圣洁。

槐花的浓香，常常破窗而入，丝丝缕缕潜入我的梦中。童年的梦，被浸染得如痴如醉。有时，拥被而坐，望着窗外月光下的槐花，真不知是月光漂白了槐花，还是槐花滤白了月光。

这样的心情不常有。大多时候，是在饭桌上念及槐花的种种好处。那时，我们家人口众多，日子过得拮据，再加上特殊的年代，没有什么能使我们的胃口产生感激。如果有，那便是美丽而丰饶的槐花。

槐花开放时，父亲拿着一根细长细长的木棍，上面绑着一个铁钩儿，将槐花的枝条一一折扭下来。最后，总有几枝还留在上面。父亲说：留着，那些槐花是看树的。若是折光，明年就不会再开了。

那是一个美丽的谎言，还是一个善良的心愿？

母亲用水将槐花淘净，然后拌上面粉，放在锅里蒸熟，便成了甜滋滋的槐花菜。母亲捣好蒜泥，洒好盐，浇好醋，调好汁。我们兄妹四人一哄而上，狼吞虎咽。待我们快把槐花菜吃净时，这才想起大人们。他们一口未动，只是笑眯眯地望着我们。

我感到很奇怪，就对母亲说：吃啊，你们都吃啊。

母亲笑着说：你们趁热吃完，凉了就不好吃了。别管我们，我们不爱吃槐花菜。

母亲的语言完美无缺，回答无懈可击。既然不爱，何必勉强，勉强是件很难受的事情。如我食用蒸熟的南瓜一样，我很不喜欢吃那玩意儿，每每勉强食用，不是流泪，便是呕吐。我明白了，以我简单的经历和经验来判断母亲语言的内蕴。

有一次，爷爷生病了，母亲给爷爷盛了一碗槐花菜。我拦住母亲说：妈，这碗给我，爷爷不爱吃槐花菜。母亲很尴尬，但很快又说：槐花菜能治爷爷的病，让爷爷吃吧。

我松开手。我看见爷爷吃得有滋有味，真为他捏了一把汗，怕他不舒服。爷爷吃完，我把我那碗也端给了爷爷。母亲抚摸着我的头说：乖儿子，有一片孝心哩。你吃吧，爷爷够了。

够了。贫困的岁月里有槐花相伴，足够了。我们的贪婪有所慰藉，是很幸福的事儿。如果说饥饿的年代还有奢侈，荒芜的年代还有繁华，那也是因了槐花的缘故。

日子一天天好起来，槐花菜依然是我们桌上的美味佳肴，只不过和从前的感觉大不相同了。

有一次，我很惊讶，我看见大人都吃得津津有味，便忍不住说了一句；你们不是不爱吃槐花菜吗？母亲扑哧一声乐了，差点把嘴里的饭菜喷出来。大人们跟着都笑了，只有父亲笑完之后皱了皱眉头。

他说：我怎么生了这么个傻儿子。

槐花，槐花。

你让我傻里傻气了很多年。虽然说苦难使人早熟，但你隐匿了苦难，所以我一直生活在你的美丽和芬芳里，甚至，我连身边氤氲的爱意都看不清。可是，你善良的欺骗我又如何能责备呢？我只有内疚和歉然。

槐花，真愿一世都在你的光芒里漂泊。

五月的麦田

题记

很多日子里，我都怀着无可奈何的怅惘，企图挽留那些远去的光芒。我告别了小村，也就远离了麦田。但我的目光始终在垄上行走，我的姿态依然是守望的姿态。

五月将至，一种心情如错落的潮汐般一波一波而至。站在阳光下，我成了一株被春风吹开的梨花，向着我遥远的麦田摇曳生姿。

我是从麦田里走出来的孩子，又怎能将关于麦子的童话遗忘？

很多日子里，我都怀着无可奈何的怅惘，企图挽留那些远去的光芒。我告别了小村，也就远离了麦田。但我的目光始终在垄上行走，我的姿态依然是守望的姿态。也许，与麦田隔绝的仅是一道墙壁。墙壁之外，还是为你普照的阳光。选择一个明媚的日子，晾晒我的思念之情，我的思念是被潮湿而阴暗的生活捂得太久的一粒麦子。我以这种方式向你回归。

童年时，把身体斜躺在柔软的麦苗上，想象那是一张硕大的绿色地毯，它永远比我夜晚睡在土炕和苇席上的感觉舒畅惬意。如果能在土炕上种上麦子就好了，那样我的梦就是一滴晶莹清澈的露珠了，我的梦就不会再有郁闷和恐惧的困扰。

麦田是滋生惊喜和美丽的地方。那儿常有一些野生的杏树或桃树小苗。我总是满心欢喜地挖回家中，把它们移植在小院里。那些幼小的苗子和我一样需要保护，怕鸡啄，怕猪拱，怕干死，怕淹死。我用瓦片和荆棘把它们环围起来，给它们一个从容生长的空间。然而，我所有的努力都是徒然的，因为没有一株成活。也许，它们离开了麦田注定要死亡；而我离开了麦田，我的美丽也注定要窒息。

贫困的岁月里，将熟未熟的泛着青色的麦粒，给了我许多奢侈的享受。夜晚出去，既要躲避家里大人，又要躲避村里人的目光，偷偷掐回一大把麦穗，把麦穗架在柴火上烧烤，那芳香四溢的麦粒便是我的美味佳肴了。那个时代，没有一粒麦子属于我，任何一粒麦子都是正义或者邪恶的化身。感谢麦子守住了我的秘密，使我的肉体和精神得到了最原始的恩惠和厚爱。最后，我所要做的唯一的一件事，就是把唇上沾的黑色麦屑清除掉，清除掉快乐的罪恶的标志。

麦田是懒惰鸟儿的家园，它们不再四处奔波，千里迢迢寻觅食物。麦田是最安全的。麦田养育了鸟儿、虫子、老鼠和人类。即便是远远的一声锣响，也不会伤害任何一只鸟儿，鸟儿仅仅会虚惊一场。它们啄着，跳着，喊着，唱着，随心所欲，无忧无虑。它们从一块麦田起飞，又落进另一块麦田。它们不停地迁徙，却又走不出麦田的旷远。我也是一只吞食过麦粒的小鸟，我也在和它们一起快乐地迁徙。

认识麦田，是从挥舞锄头和镰刀开始的。那时，才意识到麦田和生命相互依附唇齿相依的关系。在麦田里，我感觉苦难是一种深刻的幸福。我的苦涩和汗珠在阳光下一览无余。也许，麦田就是我内心分娩出的形式。我的孤独和寂寞、凄苦，都像麦芒一样尖利而又悠长，又像麦田里的麦浪一样绵绵不绝。我置身在阳光和麦田之间，仅仅有一顶草帽和一把镰刀。刈割的过程，就是那种充实而又落寞的响声。那时，我的美丽变得那样脆弱而敏感。望望天，看看地，感觉自己卑微得都不如一粒麦子，一阵风或一阵雨，都会把我的美丽弄得夭折。

远离小村后，并没有远离麦田。读完那本《麦田里的守望者》之后，才知道麦田和守望还有更深刻的意思。麦田和守望并不是一回事，但我宁肯相信它们是血肉相契的。父亲来信告诉我，麦仓里的童话并不丰饶。麦田只滋生美丽和欣悦的心情，只表演收获的过程，并不能给人抵御风雨的勇气和信心。一切都被肢解了。多少个黄昏，就那样站在阳台上虔诚地向阳光祈祷，为脆弱和寒冷的麦田祈求一份灿烂。我不愿意承认这个事实，善良从来都是被不善良的欲望驱使着、践踏着。麦田呢，阳光呢，麦仓呢，那些收割之后的麦茬地在诉说着什么呢。

渴望走进麦田。

渴望麦子的光芒。

渴望能在麦田里燃烧。

走进麦田，发现守望麦田的稻草人走了，只留下了苦难的阳光凄迷。那鸟儿呢，是不是有了更好的食物，有了更安全的巢？谁又能耐得住饥饿和贫困呢？谁又能不向往更美的风景呢？

旧日的，能敲响我童年的锣声响在何处？

我像一个没有血肉和思想的草人，站在五月的麦田，守望又咸又涩的心情。

童年的晨读

题 记

静悄悄的校园，静悄悄的村庄，就像一本一本打开的书，阳光温情脉脉地读着，读着每一棵树，每一片叶子，每一只小小的虫子。

小村是寂静的，寂静得像一片森林，像一潭春水。

晨曦是透明的，像是蝉透明的翅膀。空气都被植物的湿气过滤过了，清新得醉人。而这个时候，大地还没有醒来，否则，那滚滚而来的原野的浓烈的气息，会淹没一切。

校园里长满了高大粗壮的泡桐树，泡桐树的叶子亭亭如盖。那笔直的白杨树，巨人一样高高地耸立着。

这个时候，一声清脆的晨读声响起，就像一池宁静的湖水，被丢进了一粒石子儿。声音的波纹，在空气中荡漾。

犹如幽幽响起的第一声蝉鸣之后，整个世界都开始充满了快乐的喧嚣。

晨读的声音让校园沸腾了。

在树下，在台阶上，在水泥垒的乒乓球案旁，在操场上，到处都是人影。

那高高低低的声音，粗粗细细的声音，快快慢慢的声音，错落有致地交织在一起，好像一曲宏大的交响乐在轰鸣。

那一张张神采飞扬的脸，那上下翻飞的双唇，那眉宇间专注的神情，像风吹过时，森林里的千万片叶子在飘扬。

树上三三两两的麻雀，惊慌不安地转动着脑袋。它们可爱的声音，无人欣赏，这令它们感到恐慌，不安，焦虑。

它们细小的声音，脆弱无力；犹如大海咆哮而至，而它们是被裹挟着的微不足道的小草。

这声音的河流，在奔腾；这声音的瀑布，在飞溅；这声音的暴雨，在倾泻。

在大路上，摇头摆尾的猪，慢慢踱步的鸡，懒洋洋的狗，还有悠闲的鸭子，和这晨读形成了鲜明的对比。

那赶着牲口、扛着农具的农人，那倒剪着双手路过的农人，脸上都流露着笑意，灿烂的，像是早晨的太阳。

他们聆听着，默想着，像是盘算播种或者收获的计划。

小村醒了，晨读之声戛然而止。

静悄悄的校园，静悄悄的村庄，就像一本一本打开的书，阳光温情脉脉地读着，读着每一棵树，每一片叶子，每一只小小的虫子。

爱笑的童年

题 记

不管怎么说，我还是喜欢和爱笑的人相处。笑声能让太阳变得更亮，天变得更蓝。

小时候，我特别喜欢笑，一笑起来，就像老母鸡刚刚下完蛋一样，咯咯咯，没完没了。不笑完，或者不幸被打断，那就像是在厕所里没有方便完一样，会憋得很难受的。

不知道为什么，像我这样苦大仇深的人，没长一张苦瓜脸，相反，倒是像春风盘踞在我皮肤的每一个细胞里，一直在吹，吹，吹得我的脸像一朵绽放的菊花。

人家都说，喜欢笑的人性格开朗，乐观，这一点倒是真的。

但也是胸无城府，注定成不了大事的人的写照。

父亲有时候会很疑惑：我儿子是不是个傻子？他不能理解我的笑。

我的笑，好像总和别人不太一样。我随时随地都能发现可笑的事情，比如说，一只鸟儿在树上没踩稳，差点从树上掉下来，我会哈哈大笑一通；比如说，一只苍蝇拼命地撞击玻璃，我一样会哈哈大笑。我觉得生活中有趣的事情太多了。而自己，有时候也能给自己制造笑料，比如说，自己的扣子扣错了，袜子穿反了，墨水弄到嘴角上了，把同桌的课本当成自己的随便乱画了……生活中有那么多可乐的事儿，我不笑是非常残忍的。

不笑，我对不起我的心，对不起我的眼睛，对不起那偶然或者必然的可笑的事情。而我一直觉得，心里似乎总有一股清泉，咕噜咕噜往外冒。我应当顺从它，无论它是奔向小溪，还是大河，我都不应该阻拦它。

小时候，我很喜欢听收音机。爷爷买的。他喜欢听戏，而我喜欢听歌曲，听评书，尤其是喜欢听相声。到了晚上，炕上点一盏油灯，奶奶纳鞋底，爷爷躺着睡觉。我从来搞不清，爷爷是真的睡着了，还是闭着眼睛想心事。我就抱着收音机，听相声。

听到开心处，我便哈哈大笑。笑过之后，再笑。一段相声，尤其是好相声，不可能只给人笑一次的机会。我每笑一次，奶奶就会充满疑惑地看我一眼，继续纳鞋底。

有一次，我笑得正乐不可支，突然似乎听到了爷爷在小声叫我。我趴在炕上，一抬头，看见爷爷也趴在那里，正目不转睛地看着我，小声地一遍一遍地喊我的名字。

“武林，武林，武林！”

我吓一跳。爷爷从来都是很暴烈的，他要是发了脾气，比一头豹子还要厉害。别说我，我父亲，村里的人，都害怕他的。听到他这么温柔地叫我的名字，我倒笑不出来了。

我吃惊地答应道：“爷爷（我发的音是呀呀，这是我们当地的方言），怎么了，有事吗？”

爷爷说：“你笑啥呢？”

这个啊，哎，哈哈哈，我又笑了。

我说：“这是相声，很好笑呢！”

爷爷就像个测试精神病人是否正常的医生一样，看到我一切正常，那张警觉的脸终于缓和下来了，而且还露出了笑意。打我小时候起，爷爷就一直担心我神经不正常。一呢，我看书太入迷，是个书虫。二呢，我反应特别迟钝，而思维太活跃，总是漫天飞舞，谁要是喊我，第一声第二声，我的反应肯定是很茫然的。三呢，我特笨，傻，缺心眼，太实在，不机灵，总是和常人有点不太一样，所以，爷爷一直密切关注着我的神经是否正常。童年时期，差不多都是在爷爷的担忧中度过的。很多年之后，我才明白爷爷有时候给我说那些无聊的甚至是莫名其妙的话是啥意思，有时候仅仅是喊我的名字几声，当我回答了，他倒啥事也没有。这是在测试我哪。

我是长子长孙，我后面还有一个妹妹两个弟弟，他们的性格和我就不一样。他们该笑就笑，该严肃就严肃。我就不行了，再严肃的事情，我也会笑出声来。这样容易给大人一个印象，这娃没个正经，不能托付事情，不放心呢。如果在战争年代，那是绝对不适合做地下工作者的。后来因为这个笑，我被母亲结结实实地冤枉了一顿。

有一天，母亲突然发现她藏在米面瓮下面的十块钱不翼而飞了。那个时候的十块钱很值钱，至少能顶现在的五百元。这可不是个小事，对于我们这样很贫穷的家庭来说，那不是一笔小钱。所以，母亲很生气，她让我们姊妹四个人排成一队，站在院子里。我们是按照年龄大小排的。母亲像个老师一样，开始训话。

“说，你们谁拿了钱！拿了就交出来，我不计较。”母亲软硬兼施，但我们几乎是异口同声地回答：“我没拿!”

这太可笑了，是回答老师的问题吗？哈哈哈，我自己笑了。

母亲马上盯着我了：“说，是不是你拿了？”

我说：“没有啊，我怎么会拿!”

母亲说：“没拿你笑什么，分明是心里发虚!”

什么逻辑啊，哈哈，我觉得可笑，我想笑，她越这样问我，我笑得越厉害。

妹妹是女孩，胆小，她说没拿，母亲是相信的。

二弟大眼睛，虎头虎脑的，母亲问他，他两眼都要冒火，因为愤怒和屈辱都要落泪了。母亲吓得不敢问了。

三弟平常话就少，好孩子，说没拿就真的没拿。

这样，转一圈，母亲还是怀疑我。因为我嫌疑最大。这么大的事情，竟然还笑，正常吗？母亲还想审，但我笑得东倒西歪的，也审不下去了。所以，这个事情不了了之了。

事情没出一个月，母亲突然获得一个消息，二弟最近经常大吃二喝，买好吃的东西，还和同学下馆子，那么小，竟然会拉帮结派显摆了。不用问，这钱是二弟拿去了。果然，母亲一审，二弟马上就招认了。因为有了证据，赖也赖不过去了。

这一次的委屈，我是受大了。爷爷觉得很过意不去，自己拿出十块钱给了我，算是补偿。我问母亲："你为什么确定是我拿了?"母亲说："你没拿，你笑什么呀!"都是笑招来的祸事。

我一直爱笑的，长大了依然如此。也许我看到了别人没有看到的可笑的细节，也许是我本身就有很多小的细胞期待释放，不管怎么说，我还是喜欢和爱笑的人相处。笑声能让太阳变得更亮，天变得更蓝。

那一记响亮的耳光

题记

当明白这一切的时候，那响亮的耳光和热辣辣的疼痛，就变成了月亮温柔而又深情的抚摸。

夏天总是充满诱惑的，而对于生在乡下的男孩子来说，最大的诱惑就是在水库里面游泳了。暑假来临，有时候一个人，有时候成群结队，便去水库里面泡上一两个小时。年少无知，自己痛快的时候，并不知道许多人是担惊受怕的。那一年，我还上小学，因为去水库游泳的缘故，被我的老师狠狠地打了一记响亮的耳光。

那一年，我上小学六年级。我的班主任叫牛凤珍。牛老师是中条山有色金属公司的插队知青。当时，那个很大的公司叫十二冶，具体的名称我并不晓得。

牛凤珍老师个子很娇小，似乎一件军用大衣就可以把她包裹得严严实实的。她长了一张娃娃脸，脸圆圆的，而且有好看的双眼皮。她一笑，格外迷人，如果说别人的笑是一个笑的话，她的笑就等于两个笑。她的手指也是圆圆的，手背上有小小的肉窝。如果我没有挨那一记响亮的耳光的话，我是不会观察得那么仔细的。她的脑袋很圆，用皮筋把头发扎成了两个小刷子。我记得她喜欢穿一件黄里泛白的灯芯绒上衣，似乎那每一道深深的条纹里面都写着她的青春故事，都写着她的美丽往事。

牛凤珍老师很少发火，但一发火，就会冷若冰霜，面色铁青，人也似乎老了好几岁。我到现在也没想明白，她很少发火是因为她的仁慈和宽容，还是因为她怕衰老。

那一年的麦收时节，艳阳高照，知了都热得不愿意唱歌了。村子里面到处都是大幅的标语，什么“大干红五月”，什么“龙口夺食”，其实意思只有一个：快快把地里的小麦收回来。万一下一场大雨，很多小麦是会坏在地里的。村子里面很少能看见人影，人们都在田野里面忙碌。只有悠闲的猫啊狗啊鸡呀猪呀，慢悠悠地在马路上溜达，显得很有闲情逸致的样子。

我们接到学校的通知，去支援农民伯伯麦收。一直到长大了我都没搞明白，我们这些农村的孩子，各回各家干活儿不就完事了嘛，何必还要什么集体行动，把自己搞得像城里的人不远“万里”来到乡下支援农民夏收的样子。我们班去的地方，是我们十二生产小队，在挨近水库的地方。我很兴奋。那时虽然只上小学六年级，但我已经有了两年的泳龄了。我们那个地方的水库，宽不过一二丈，长不过五六丈，我们并不叫水库，而叫深井。估计当时是想打井的，由于这样或者那样的原因，“井”最后变成了现在的样子。就因为这是深井，是泉水，所以水很清很凉爽。

我平时游泳，都是偷偷摸摸的，因为爷爷脾气很刚烈，家法甚严。为游泳，我吃过不少苦头，最惨的一次，是爷爷在水库另一边找我，被我同学发现了，我同学惊慌地对我说：“武林，你爷爷来了！”吓得我赶紧躲进了荷叶丛中，等爷爷走了，才敢钻出来。但我发现，爷爷把我的裤子和上衣都抱回家了。这一招够绝的。我只好趁中午吃饭时间路上没有行人的时候，折一柄荷叶往肚子下面一挡，贴着墙根偷偷溜回了家里。而这一次，是全班同学捡麦子，我可以名正言顺地去游泳了。

到了离水库很近的一棵大柳树下，牛老师宣布了纪律，任何人都不能游泳。听到哨子声，统一回到这里集合，然后回学校。我当时心里一沉，这个牛老师好像我们肚子里的蛔虫一样，提前就知道了我们小小的心思。捡麦子不是割麦子，不必要集中，所以大家像小麻雀一样分散在麦地的各处捡。而我，则和几个要好的同学结成了一群。麦地在高处，往旁边一看，水库里的情景便尽收眼底。水里的扑通声，听得见；有几个人在里面游泳，也数得清。麦地里没有树，尽是被收割后的麦茬，所以，太阳就像一个大烙铁一样，狠狠地把它的热量烙在每个人的身上。

不大一会儿，我们就热得受不了了，汗珠直淌，眼睛都睁不开了。我提议去游泳，没想到大家都不敢响应，其中有一个说：“你要是敢带头，我就敢去！”这几个人都看着我，随声附和。我说：“走，我带头！牛老师不一定能发现！”

这一下水，可不得了，我们真像是鱼儿放进了水里。我的潜泳很蹩脚，其余的游泳姿势可都会。我一会儿狗刨，一会儿仰泳，一会儿双手抱着双臂看着阳光，用两只脚游，一会儿自由泳。在水里面晃来晃去的，不是白花花的小肚皮，就是湿漉漉的小脑袋。我们游来游去，什么都忘记了。突然，一个同学慌慌张张来了，喊："快快快，牛老师让我们集合！"我们几个谁也不管谁了，穿上衣服撒腿就往大柳树下跑。到了柳树下，我才发现，全班同学都已经在这里了。牛老师气呼呼地来回踱步，脸上满是焦虑、焦灼、愤怒。长到很大以后才明白，其实，老师最主要是害怕和恐惧，她怕我们出事。

我们排好队，牛老师怒喊："说，是谁带的头！"

牛老师从我们几个人面前走过，每到一个人的面前，都仔细地审视几眼。

我心里很紧张，心里说："哥们儿，都别出卖我啊！"

空气凝固了一般，似乎所有人都能听得见我们的心跳。

当牛老师走到我身边的时候，再也不挪动脚步了。她目不转睛地盯着我，说："是不是你？"我一边说"不是"，一边用余光偷偷看了下我的同伙们。天哪，他们都在悄悄地瞥着我。也就是说，他们已经暗示给了牛老师："是安武林带得头！"

牛老师威严地说：“我最后再问你一次，是不是你带的头？”

我看到她的身体在不停地颤抖。

我嗫嚅地说：“不是！”

“啪！”一记响亮的耳光结结实实地打在我的脸上。我眼前有无数个星星在飞舞！之后的一切，我都不记得了。

晚上，牛老师来我家了。我被父亲赶到院子外面。隐隐约约中，我听见父亲说：“打，打狠点，别心慈手软！要是换作他爷爷，非把他捆在树上暴打一顿不可！”

月亮圆圆的，挂在枣树的枝头。想到爷爷知道我游泳的严重后果时，我不寒而栗。那个时候，真是年少无知啊。自己的自由和痛快，却是别人担惊受怕换来的。当明白这一切的时候，那响亮的耳光和热辣辣的疼痛，就变成了月亮温柔而又深情的抚摸。

风吹过，依然美

题记

小小的童年，连心都是小小的，除了快乐和喜悦，什么都装不下了。

一个人小的时候，可能会有很多美好的想法。这些美好的想法浪漫而又柔软，就像风吹过，纷纷扬扬落下的杨柳絮，或者蒲公英的种子。后来，我们会管这些想法叫作理想。其实，那还不算理想，只能说是梦想，是灿烂的梦想。这样的梦想来去都如风吹过，但留下的依然是美的气息。

我的第一个梦想，是将来做一名医生，而且是赤脚医生。

我出生的小村，在一个小镇上。村里的大路，东西最为壮观，是直线，一马平川，而南北，曲曲弯弯的，好像一个人的皮肤上长满了疙瘩。当人们打招呼的时候，就会说自己是去东头南头西头北头。语言很有意思，既是指方向，也指目的地。

我家在村东头，西头是我的小学、卫生院、邮电所、税务所什么的。我喜欢去镇卫生院，卫生院有个我喜欢的老兄，叫党贵。他在化验室工作。他穿着白色的大褂，在我的眼里很帅。不知道为什么，那白色的东西总有种令我肃然起敬的感觉。医院里的白色墙壁，医生穿的白大褂，看了，就会让人产生镇定和安静的感觉，似乎有人在做梦，我们不能打扰他一样。

党贵的化验室里，有个小小的书架。书架上清一色的医学书，厚厚的。有一本叫《赤脚医生手册》，砖头一样厚。

我很奇怪，为什么叫赤脚医生？那个时候，我以为赤脚医生就是不穿鞋子不穿袜子光着脚背个药箱去看病的医生。大约赤脚走路的滋味很不好受，所以我在乡下从来没有见过什么赤脚医生。我看见党贵穿着皮鞋，就问他："你怎么穿这鞋子，还有袜子？当个赤脚医生多好啊！"党贵听了哈哈大笑。他知道我喜欢看书，喜欢奇思怪想，言论很有趣，所以特别喜欢我。

我翻了翻《赤脚医生手册》，很喜欢，什么望闻问切，什么寸关尺、针灸，都深深地吸引着我。不过我很讨厌针灸，对那细长的银针既害怕又厌恶，以至成年以后，对打针仍然怀有一种深深的恐惧心理。我要借这本书看看，党贵笑了，说："你看这个做什么!"我脸红了，就像喜欢一个女生被别人揭穿了一样。党贵看我很坚决，就答应借我看看，但要我尽快归还。

很快，三天后，我就把书还给他了。因为我惦记着另一本书，是中草药方面的书。我从中看到了很多我认识的中草药。我怕他一次借我两本不答应，所以先借了一本不是太喜欢的，表示下我是多么言而有信，然后再借我最喜欢的。他很痛快地答应了。

在乡下，到处是郁郁葱葱的植物。如果不是翻看那一本中草药的书，我根本不知道很多很多植物都是药材，竟然都能治病。在河边，薄荷草、旋复花以及长在小河两岸的蒲公英、车前草，比比皆是。这一发现让我心花怒放，不亚于哥伦布发现新大陆。小小的童年，连心都是小小的，除了快乐和喜悦，什么都装不下了。

这本书中有图的，所以，植物的形状和特点我能很容易就识别出来，然后和现实中的植物相比较。我想，这样我可以做一名医生了，成本小，容易学。书中草药的药性都写得明明白白，治什么病也写得一清二楚。我拿着书，读得如痴如醉。那个时候，我就想：怎么乡村到处都是中药啊，都是宝贝啊。石榴皮能治病，橘子皮能治病，枣能治病，蝉蜕能治病，蛇皮能治病……我不知道什么不能治病。如果有不能治病的草，那肯定是还没有研究出它的药效来。每次去打猪草，我都把书带上，去识别植物，真有点李时珍的感觉。有很多植物的名字，我叫不上来，但通过书，我知道了它们的学名，如水红花子、茵陈、苍耳、鬼针草等。

我突然觉得自己很有力量，能帮家里做很多事。我把采集到的中药，都放在窗台外面晾晒，希望晒干后能做药材用。而且，我觉得家里人以后都不用去医院看病了，只吃我的中药就可以了。尤其是爷爷，一生都不喜欢医院，有个小病小灾的，都是自己硬扛。有时候，他痛苦得直呻吟，也不去医院。母亲有时候需要含着泪央求爷爷去看病，但也无济于事。爷爷是个硬汉子，不到万不得已的时候，他不会被人抬着拉着去医院的。

我告诉爷爷，我要做个医生。爷爷用鼻子哼了两声，无喜也无忧，不支持，也不反对，等于没表态。

我高兴地告诉他，我在窗台上晒了很多中药，他也没理睬。我的热情如火一样，都要把自己烧掉了，所以，根本顾不得大人的意见。

夏天的时候，骄阳似火。我采集了不少薄荷草，想让家里人熬汤喝，避暑。我告诉了奶奶，一定要煮。谁知，我放学回家的时候，发现我在窗台上晒的薄荷草全不见了。

我问奶奶："你熬汤了吗?"

奶奶说："没有!"

我说："我的薄荷草哪儿去了?"

奶奶说："你爷爷把它们全部喂猪了!"

我的脑袋"嗡"的一声，好像一个硕大的气球，被一个针尖扎了一个洞。我泄气了。这是个不小的打击，把我想做医生的梦想彻底摧垮了，不留一点痕迹。

我很郁闷地把书还给了党贵老哥，重新拿起了我喜欢的文学书。

一个人一生会有很多梦想，但有的梦想永远是梦想。如风吹过后，依然美的杨柳絮，浪漫、柔软、激动和兴奋自己的记忆。

摸　　蝉

题 记

清晨第一声蝉鸣，真像汽车发动机刚刚启动的声音，懒洋洋的，慢悠悠的，然后就像上了高速公路一样，铆足劲儿开始奔驰了。

童年最有趣的事情之一，就是摸蝉。

从小我们从来不管蝉叫蝉，叫知了。很有意思的是，我们叫它的学名蝉，发出的音却是“山”。这是我们山西南部的方言。

在我印象中，蝉分两种，一种是鸣蝉，一种是哑蝉，但它们是同一个品种。如果按照体积的大小、叫声的不同，还可以分出一种，“压油蝉”。这种蝉体积很小，发出的声音不那么尖锐，相反，很悠扬。它发出的是“压油”的声音，尾音拖得特别长，好像是什么抒情的乐器发出的声音。而知了发的声就有点儿刺耳和尖锐了。但这种压油蝉乡下很少能见到，我是在山里看到的。

知了体型大，肥硕，在它的背上有个“W”或“M”样的英文字母，记不清是哪一个了，就像是一个签名一样；翅膀闪闪发光，身体黑亮。但那种压油蝉，翅膀似乎有点发绿，身体看起来很单薄，就像营养不良似的。但它很机灵。我们摸蝉，摸的都是知了，而所谓的压油蝉，我们从来没摸过，也没有逮住过。大自然的一切，似乎都有短长优劣，大的笨重，小的机灵。造物主造万物，是很公平的。

夏天是蝉最活跃、生命力最旺盛的季节。它们从泥土里爬出来，要完成一个生命蜕变的过程。我们摸蝉，正是从这个时候开始的。当它们刚刚从泥土里爬出来、爬上树的时候，我们带着口袋或者瓶子什么的容器，去摸它。那个时候，它们还是蝉蛹，没有脱去外壳，不会飞，所以一摸一个准。它们爬行的速度很慢，一般爬到超过一个小孩身体的高度，就不再往上爬了，就会脱颖而出，变成真正的蝉，然后飞向高高的枝头。

故乡的小河边，有几排高大粗壮的白杨树。那是我们摸蝉的好地方。天擦黑的时候，一切都朦朦胧胧的，那个时候，我们就开始去河边摸蝉了。白杨树银白的树身就像暗下来的雪或者白纸，只要上面有一个小小的黑影，那准是知了。不过，也不是百分之百准确，比如，有时候就会摸到一个树疤，有时候摸的是一条毛毛虫。摸到树疤没什么，只是淡淡的失望，要是摸到一条毛毛虫，那会头皮发麻的。眼睛是看不清晰的，只能靠手感。那毛毛虫无论是软乎乎的虫子，还是长满毛的毛茸茸的虫子，给人的感觉都像是触电一样，一惊，之后心便狂跳半天。如果遇到这种情况，再摸蝉的时候就会加倍谨慎。

有时候，摸蝉的时候会碰到很多人。大家相互打招呼，偶尔还比一比，看你摸了多少，我摸了多少。有时候就我一个人。在乡下，童年是听着鬼故事长大的，所以，天一黑，我不由自主会紧张起来，摸一会儿蝉，就会朝四处看看。四周很静，一声轻微的响动，都会引起我巨大的恐慌。所以，只要我感觉摸得差不多了，就赶紧回家。

回到家，把这些蠕动的蝉倒在地上，用脸盆倒扣着，或者用筛子倒扣着。如不然，它们从壳里爬出来，长出翅膀，会飞掉的。待到第二天，那些蝉都从壳里爬出来了，如果脸盆中扣着的是知了，因为缺乏足够的氧气，它们的身体是绿色的，翅膀扭曲着，无法蜕变成真正的蝉。而这些蝉，就成了我们的美味佳肴，用火烧着吃，或者用油煎着吃。那肉丝很细，很嫩，和我们吃的别的肉的味道大不相同。现在的人喜欢吃野味，而知了算是纯正的野味了。

乡下树多，知了也多。地下好像埋藏着无穷无尽的蝉蛹。尽管我们就像无情的杀手一样，摸了那么多蝉，可是第二天，我们发现，在树上依然会有很多金子一样的蝉蜕醒目地挂在树上，似乎想让我们重温那条“金蝉脱壳”的成语。而那高高在上的脱壳而出的知了，则得意扬扬地鸣叫着，好像在嘲笑我们一样。这蝉声叫得也很奇特的。

清晨第一声蝉鸣，真像汽车发动机刚刚启动的声音，懒洋洋的，慢悠悠的，然后就像上了高速公路一样，铆足劲儿开始奔驰了。之后，东西南北的蝉都开始鸣叫起来了。你不知道蝉在什么地方，到底有多少蝉在叫，好像天空中布下一张大网，整个世界都被笼罩在蝉鸣的世界里。当你仔细寻找的时候，你就会发现那一棵柳树上会有很多只蝉，有的只抓住了一根细细的枝条，好像在打秋千一样。微风一吹，那蝉也在惬意地轻轻晃荡着。当你猛地蹬一脚树身，那蝉会惊叫几声飞快地逃走，然后撒下几点液体。后来才知道，蝉的嘴巴下面有一根长长的吸管，那是吸树汁用的，而我总不大相信，那么软软的一个东西，如何能扎进坚硬的树皮里？相信不相信，这都是科学知识。而在夜晚，偶尔会听到一两声蝉鸣，真不知道它们是不是也做梦。或许，它们是被噩梦吓醒的？

摸蝉，摸的是一份快乐，也许还有小小的成就感。而剩下的蝉蜕，我知道那是一种中药材，有毒，但我更愿意相信那是一个嘲笑，笑我们总是缺乏耐心，让它们溜之大吉。然后，蝉会一日一日地唱歌，气我们这些小小的人儿。

草筐里的秘密

题记

我就像一棵山谷里的小树一样，自由生长，自己去争取阳光，自己去汲取水分，并且藏着无数无法向人倾诉的秘密。

小时候，最爱干的农活之一就是打猪草。如果说量力而行，那么打猪草是最适合农村小学生体能的农活了。那个时候，猪吃草，不像现在的猪越来越娇贵，吃粮食，不吃草了。我小时候体弱多病，病病歪歪的，一阵风似乎都能把我吹跑。脸色，是那种苍白，惨白，一看就是大病在身的人。所以，繁重的体力劳动不仅会让我喘不过气来，而且会让我的眼前一阵一阵地发黑，头发晕。

星期天，我会挎一个草筐，兴高采烈地去打猪草，好像很勤劳的样子。

我会大声对家里人说，我去打猪草了，然后，趁大人不注意，悄悄往草筐里塞一本书，一溜小跑去打猪草。

童年的读书经历，真有点打仗的味道，前有伏兵，后有追兵，我只能选择游击战。在学校，班主任一双阴沉的眼睛总盯着我；在家里，父亲一双尖锐的眼睛总盯着我。学校和家里都不是我读书的环境。拿一本文学书，心神总是游移不定。后来，我找到了一个读书的好去处：河边。

如果专门抱一本书去河边，那会遭到父亲训斥的。这个样子，容易让人误认为是游手好闲。在父亲眼里，我读的本来就是闲书。要是我打猪草，那就不一样了，既帮家里干了活，又满足了自己读书的愿望，可谓是一举两得。

故乡有一条稍大一点的河，叫青龙河。不知道青龙河有什么来历，没有一个人能告诉我，但我想象中，那一定是很富有传奇色彩的。我读过不少民间故事，所以我深信这条河是有个什么有趣的故事的，或者是被人们遗忘了，或者失传了。这条河在小小的峡谷之中，两岸有树，谷底有树也有水灵灵的草。水很清澈，像是山泉水。很遗憾的是，这水的流量和我的年龄正好相反，我越长越大，水流却越来越小。最早的时候，青龙河上还架了一座桥，再后来水流干涸了，只剩下这座孤零零的桥，孤独而又寂寞地怀念着快乐的日子。

我喜欢在青龙河边打猪草。这里的空气很清新，树碧绿，草青青。河的两边长满了白杨树和柳树。到了这里，我把草筐往身边一放，倚着大柳树就开始读书了。草丛中偶尔会有青蛙的叫声，但更多的是树上的蝉声。当太阳还没有完全照耀大地，天气还没有完全热起来，蝉声还没有开始悠扬起来的时刻，是读书最佳的时机了。读着读着，第一声蝉鸣慢悠悠地响起来，之后，紧接着，四周的蝉声都开始比赛似的响成一片了。

这个时候，我便合上书，开始打猪草了。

也许是因为喜欢读书的缘故吧，我真正的儿时伙伴很少，差不多都是独来独往，就算打猪草，也很少结伴而行。如果有伴，就无法读书了。整个童年，印象中仅有过几次和十个八个小伙伴一起打猪草的经历。我们不是唱歌，就是骂架。唱歌唱那种“东风吹，战鼓擂，现在世界上究竟谁怕谁，不是人民怕美帝，而是美帝怕人民”的歌儿，声音震天动地，吓得鸡飞狗跳，好像日本鬼子进村了一样。要么就你骂我我骂你，看谁的声音大，骂“狗儿疙瘩板板草，你妈要你现世宝”。狗儿疙瘩，是狗尾巴草；板板草，也是一种草。这两种草都是猪比较喜欢吃的食物，但它们的形状，正好形成一个鲜明的对比：狗尾巴草是向高里长的，就像大个子一样，而板板草是平贴在地上向横里发育的。前者纤细，后者肥硕。

我出去打猪草，弟弟也会去打猪草。奇怪的是，我们从来都没有相遇过。只有回到家门口，我们才像是约好似的一前一后进了家门。父亲看见我们进了家门，总是喜上眉梢，尤其是见了弟弟，开心得不得了。从小，弟弟就很受宠，机灵，长得虎头虎脑的，有眼色，干活也比我强很多，所以，弟弟的话在父亲那里是很有分量的，而我——父亲见了我总是皱眉头的——就像是一团晦气一样。

父亲总是表扬弟弟：“打得不少啊！把我娃累坏了吧，快去洗洗，歇歇!”

而我，遭到的是训斥和白眼，因为我没有弟弟打得猪草多。

我不分辩，但心里很不服气。不过这也有好处，父亲不注意我，我就能悄悄地把藏在草筐底下的书取出来，赶紧藏好。

但我对弟弟真是很不服气，他怎么每一次打的猪草都比我多呢？有一次我实在忍不住了，就去检查他打的猪草。这一检查不要紧，他这是严重的欺瞒行为呀！原来，弟弟是把草徐徐地散开，就像一个膨胀的面包一样。而我打猪草，总是把草压得实实的，像一块石头。一虚一实，就是我和弟弟打猪草的区别。

我揭发了弟弟弄虚作假的行为，没想到父亲袒护弟弟，训斥我：“你弟弟那么小，这已经很不错啦。”在父亲的心里，弟弟的做法是聪明、有出息。

整个童年，差不多就是这样过来的。我就像一棵山谷里的小树一样，自由生长，自己去争取阳光，自己去汲取水分，并且藏着无数无法向人倾诉的心里话。

可能是童年的印象太深刻了，所以，多年以后，每看到绿油油的青草，我就会情不自禁地想：“这个猪草真好，猪吃了肯定上膘!”回到家乡，说给父亲听，他苦笑着说：“哎呀，多少年前的老皇历啦。你离开农村太久了，你不知道吧，现在的猪都不吃草了，吃粮食啦!”

我惘然若失，无限感慨，这猪，有一天也会进化成人吧?

老 油 坊

题 记

棉花籽是黑色的，但碾碎以后就变成了金灿灿的黄色，犹如油菜花那样的颜色。我从小就被大自然的神奇和变化深深吸引着。

每一次回故乡，我都会不由自主地望几眼镇税务所的房子，税务所的旁边，是一个小小的百货门市部。而那座老油坊，早已经没有了痕迹，似乎像从来就没存在过一样，就像我光秃秃的脑袋，早已看不见昔日茂盛的头发了。

但我依然记得老油坊忙碌、繁华、嘈杂的时光，仿佛，柴油机的隆隆声依然在轰鸣，那沉重的巨石所做的两个轮子，依然在飞快而又沉重地旋转着。有人在不断地迅速归拢和扬起黄色的棉花籽，添加在巨轮的轨道上。碾棉花籽的工间是麦秸搭成的，犹如乡间的凉亭子一样，八面通风，人们一眼就可以看到旋转的轮子以及忙碌的人的身影。柴油机的传送带在巨轮的下面，构成一个原始而又简单的循环系统。

我一直感到好奇，棉花籽是黑色的，但碾碎以后就变成了金灿灿的黄色，犹如油菜花那样的颜色。我从小就被大自然的神奇和变化深深吸引着。

在凉亭的外面，不足一米，便是榨油的最后加工程序了。记忆中，那里始终悬着一张厚厚的棉布帘子。屋子里蒸汽弥漫，几乎看不见人的脸。一口大锅，热气腾腾。我不知道这些棉花籽是在炒还是在煮，但那架快要两米高的榨油机却非常醒目。这个工间，像修道院或者教堂一样，是个神秘的所在，非工作人员一般都不得进入。

榨油机的下面，是盛油的巨大容器。上面的棉花籽最后压成一张圆圆的大饼，足有两寸厚。据说这棉籽饼是上好的牲口饲料，猪羊驴马吃了很容易上膘。而那些压出来的油，最后还要过滤一遍，清除掉渣子。虽然芝麻、葵花、油菜籽、花生、大豆等都可以做油的原料，但我们的老油坊似乎只用棉花籽压油，其中的缘故可能在于原料的供应上，我们那一带的人普遍种棉花。

老油坊的工人，都是我们村里的农民，父亲也是其中的一员。正因为如此，我才去过一两次，给父亲送干粮。那里的人，每个人的衣服都是油光闪亮，油渍斑斑，浑身上下散发出一股生油的气息。我给父亲送干粮，也是匆匆地来去，大家都忙着干活，每个人都像螺丝钉一样，所以，只能和父亲说两句话，赶紧走人。但我的眼睛，却把整个工间的样子都深深地留在脑海里了。

每年一到深秋，棉花一收，老油坊就机声隆隆了。我和父亲很难见一面，父亲回来，也是深更半夜的。而那时，我正在梦中……

有一天深夜，母亲把我从梦中唤醒了，很兴奋的样子。

母亲的手里拿着几块油炸过的玉米馍头，黄澄澄的，散发着诱人的味道。

我一声尖叫，接过来就啃，而且还一边和父亲说话。我说：

“这是在油坊里炸的吗?”

父亲“嘘”了一声，小声说：“不要到外面去说!”

我知道，那是父亲避着人，偷偷干的，如果让人知道了，是一件了不得的大事。父亲是个老好人，损公利己的事情干不来，偶尔有这一次，也是提心吊胆、战战兢兢的。果然，这样的“口福”我只享受过一两次，

也不知道从哪一天起，老油坊突然变得死气沉沉起来。一切的忙碌和喧哗都销声匿迹了。院子里的荒草疯长，都齐腰深了。阳光落在这里，也是惨白的。老鼠，鸡，小鸟，倒是经常光顾这里。每天上学和放学，我都会向老油坊这个方向望上几眼，但我一个人是不敢去的。在我的感觉中，老油坊已经和坟墓一样令人恐惧了。

后来，我和老油坊又发生了联系，这个联系和我的一个小学同学有莫大关系。他姓郭，河南人，家境不错，父亲在镇供销社工作。这个同学的一身打扮，就像城里人一样，但他和我一样，都属于班里调皮捣蛋的学生，我们的家都在村东头，放学的时候总能相伴走那么一段路，所以，我俩交情还不错。

那年夏天，天似乎特别的热。太阳的光芒无处不在，所有阴凉的地方都散发着灼热的气息，像着了火一样。校园里学生和老师都像被晒蔫了的小草一样，无精打采。每天下午，我们都有一段午睡的时间。这时，有的人趴在桌子上睡，有的人躺在桌子上睡，还有的带着凉席和塑料布什么的，躺在地上睡。我在小学二年级时曾经睡过桌子，因为睡觉翻身，从桌子上掉了下来，眼角磕破了，还到医院缝了几针，从此，我再也不敢在桌子上睡觉了。所以，每天下午，我的书包里都放着一块塑料布。

一天上午放学的时候，郭同学神秘兮兮地对我说："嘿，我们下午逃课如何？"我感到很奇怪，为什么要逃课？他说下午反正是睡觉，也没人管我们，老油坊是个睡觉的好地方。他说到老油坊的时候，我心里一动，我很想去那里看看，但我一个人实在是惧怕那种荒凉的感觉。童年，没有一个男生不喜欢刺激和冒险的，所以我很痛快地答应了他。

下午，我们背着书包拿着塑料布偷偷摸摸来到了老油坊。老油坊已经荒废了，那凉亭子摇摇欲坠，似乎随时都会塌下来一样。进了凉亭子，一股寒气便迎面扑来。地上是巨轮长久压出的清晰的轮印，轮印闪着油油的黑光。这地是大青石铺就的，猛一看，这轮印就像有人用浓墨画出的一个大圆一样。我们铺好塑料布，躺下，身体就感觉到了凉森森的寒意。确实，这个夏天，没有比老油坊更好的避暑和睡觉的地方了。这里很幽静。

郭同学一躺，便进入了梦乡。而我无论如何也睡不着，神神鬼鬼的小说读多了，鬼鬼神神的民间传说听多了，所以脑子里浮现的不是神秘莫测的鬼，就是面目狰狞的坏蛋的形象。还有，头顶上的凉亭子，谁知道它会不会在我们熟睡之际轰然坍塌？纷至沓来的种种念头折磨着我，我根本无法入睡，眼睛一直盯着凉亭子的房顶看。也不知过了多久，我被郭同学推醒了，他着急地喊我："快快快，快起来，放学了。"我揉着惺忪的睡眼，卷好塑料布，和他一起鬼鬼祟祟、探头探脑地、远远地跟着那些放学回家的同学，小心翼翼地回了家。

不出三天，我和郭同学逃学的事情被学校知道了。我们在学校挨了一顿批评，在家里我又挨了父亲一顿臭骂，差点没吃老拳和挨耳光。

再后来，老油坊就荡然无存了，一切的一切都消失了。就像昨天的露珠，一点痕迹也没留下。但是，那隆隆的巨轮滚动的声音和那股浓浓的棉籽油的味道，却在我的记忆中永远响亮地、鲜活地轰鸣着、飘荡着。

一院子的灯火

题 记

胡同深深，深深的不仅仅是童年的孤独和寂寞，还有一院子的灯火……

童年的孤独和寂寞，就像我家的那条胡同一样，悠深悠长……后来，我终于明白了，很多伙伴不找我玩的原因，就是惧怕我家的胡同。

我家的胡同，最早的时候挺宽，后来因为你盖房子我砌墙，大家都侵占公共空间，所以，胡同越来越窄了。胡同只能过一辆小平车；两辆自行车相遇，彼此相让才能通过。

胡同是土路，下雨天，遍地泥泞。晴天，阴影重重，几乎看不到太阳。虽然这一段路不太长，但给人的感觉很幽深。这条胡同里住着两三户人家，由于这样或者那样的矛盾，相处得并不太友好。

我白天出去玩耍，一般总是在黄昏之前就赶紧回家。如果天黑下来，我一个人走在胡同里，就会感觉毛骨悚然，后背发凉，似乎有人在轻手轻脚地跟着我。

乡村是鬼怪故事的发祥地。小时候，听母亲讲过很多神神鬼鬼的故事。这些鬼怪的故事刺激着我的神经，给我带来了快感，但同时也给我的想象力涂上了阴郁的色彩。恐惧就像自然界的小风一样，随时可能会向我袭来。而夜晚，是最容易遭到恐惧袭击的。

我对付恐惧，或者说给自己壮胆，也采用了种种办法。比如说大声唱歌，比如说给口袋里塞一些鞭炮，再比如说装一盒火柴。

童年的时候，我还是有几个好朋友的，再比如说镇邮电所邮递员的儿子，和我是小学同学。奇怪的是，他从不来我家找我玩，都是我去找他的。仅仅有过一次，带着几个小伙伴，站在我家胡同口，几个人一起喊我名字。我爷爷觉得很奇怪，说好像有人喊我。我从家里走出来，才发现那几个家伙扬着头，扯着嗓子，冲着天空喊我的名字。

我出来埋怨朋友："你们怎么不来我家，站在这么远喊什么?"

他说："哎呀，我可不敢，你家这个胡同太吓人了。瞧瞧，我带来好几个人，都不敢去你家!"

我故作轻松地说："这大白天的，怕什么，又没鬼!"

他的脸色马上就变了："哎呀，你别这么说。走走走，一起玩去。"

他拉拉扯扯就把我拽走了。

胡同是孤独的，也是寂寞的，平日里很少有人来这里走动。它就像深山老林里隐藏着的一条从来没有人走过的路一样。

洋槐花开放的季节，天气就暖和了。夜晚，月光很温柔地洒在村庄里。走出胡同口，就可以看见几个妇女在摇纺车。她们把轻便的木制纺车搬出来，几个人就在马路上摆成一个堆儿，都是一只手转动着木柄，另一只手抽着线。大家都不说话，只有纺车转动的声音。只有在这样的夜晚，走出胡同，或者从外面回家，我才心里踏实。

乡下的夜晚，没有月亮的时候，黑得出奇。一个人走路，基本上和盲人差不多。在冬天，如果再刮着北风，这夜晚就会比任何一个侦探小说家笔下的夜晚都更阴森可怖。我非常不明白的是，一个小学生为什么要上晚自习。但那个时候，我的确上过。

我挑着一盏油灯，深一脚浅一脚地往家走。纸糊的灯罩根本挡不住呼啸的北风，它不是被吹灭了，就是被吹着火了。然后，我就陷入更深的黑暗之中。碰过树，撞过电线杆，撞过墙壁，心里一紧张，熟悉的路也变得陌生了。

赵本山的小品里说，家里有几样电器，其中之一是手电筒，现在听起来真的是笑话。但那个时候，有几个人买得起呢？只有很富足的家庭，才能拥有这样的奢侈品。

后来，油灯换成了电灯，家里也有了手电筒，但我依然不敢在夜里外出，尤其是伸手不见五指的夜晚。记得有一个夜晚，我刚拐进胡同口，突然听见一声咳嗽，霎时间我毛发耸立，呼吸似乎都凝滞了。我站着，呆呆地，无助地等着无情的魔鬼任意地宰割。

一个看不见的人影从我身旁走过，我只感觉到一阵风从我身边吹过，其余的，我什么都看不见。我发了一会儿呆，才虚弱地往家里走去。其实，是一个夜行人从我身边走过去了，因为他听见了我的脚步声，怕相互碰撞上了，所以才咳嗽一声，提醒我注意。

回到家，我发现我的后背都冒出了冷汗。可能是我的脸色刷白，爷爷很奇怪地看了我一眼。他明白的，我一直是个胆怯的人。

后来，爷爷把电灯拉到了院子外面。我上晚自习的时候，院子里的电灯就一直亮着。我一拐进胡同口，就能看见一院子的光明。等我推开门回到家里的时候，发现爷爷已经睡了。他给我留着一院子的灯光啊。

我一直没有和爷爷交流过。亲人之间，有时候是不用语言来交流的。小小地用心下，就会发现那爱就如这一院子的灯火一样，温暖，光明，美丽，感动。

胡同深深，深深的不仅仅是童年的孤独和寂寞，还有一院子的灯火……

故乡的春天

题记

当我在一天一天的观察和等待中，视力几乎感到疲惫的时候，突然，我发现白杨树的枝条开始泛出绿色了，准确地说，那是鹅黄色的。

印象中，故乡的春天一直是乏善可陈的，所以，我的笔下从来没有故乡春天的影子。前几天给广东一家广播电台做节目，主题就是“故乡，童年，春天”，我搜肠刮肚，努力在记忆中挖掘故乡春天的亮点。谈着，谈着，连我都感到奇怪了，点点滴滴的美丽和温暖都被我开掘出来了。当我开始有点激动的时候，节目结束了。

我吃惊了，故乡的春天真的有那么美吗？带着激动和疑惑，我开始了童年的故乡之旅，那时候，春天……

我的家乡在晋南的一个小村子里，虽然我一直称呼它小村，但它拥有两千多人口，差不多应该算个大村。村里的路是“井”字结构。最长的是东西走向，可以通向另外两个不同的村庄。我的家和学校，就是东西走向的路的两个点。春天，是不知不觉到来的，是我在上学或者说是放学的路上发现的。

大路的两边，是两排粗壮而又高大的白杨树，树的身子和枝条都是银白色的，阳光一照，闪闪发光，好像上了一层釉似的。春天到来的时候，天空很蓝，云彩很白，阳光很清澈。不知道为什么，心情也格外灿烂。看来环境和气候对人的影响，总是那么样直接、尖锐。

我走在路上，总喜欢看白杨树上的枝条是不是开始冒出绿芽了。就像一个人在泰山顶上看日出一样，我希望能捕捉到春的消息，那激动人心的刹那。但我焦虑的观察中，总带着一点点的失望，因为那白杨树的枝条，一点儿变化也没有。那个时候，我并不知道“孕育”和“静默”这些词语中包含着的大自然的神奇的内涵，所以总是迫切地期待着。

当我在一天一天的观察和等待中，视力几乎感到疲惫的时候，突然，我发现白杨树的枝条开始泛出绿色了，准确地说，那是鹅黄色的。极嫩极嫩的，如同婴儿的皮肤一样。如果说我能再走远一些，到小河桥那里，那几棵大柳树，早早就会给我报告春的消息了。很可惜的是，我从来没有为了观察春天而专门去小河桥那里走走。在我的家乡，随处可见的是白杨树、泡桐树和洋槐树。柳树这种好看但不实用的树木，都长在偏远的角落，或者在村外，或者在村边，而且很稀少。

至于怒放的桃花，大多数都在村民的小院里招摇，在田野和主要的道路上，是不大容易看到的。当我去同学的家里，或者左邻右舍家，就会惊讶地发现，那桃花朵朵开了。有时候，走在某一条胡同里，会突然发现墙内的桃花含情脉脉地开着，好像在向墙外的人打招呼一样，笑容可掬。那探路的蜜蜂，三三两两在桃花上盘旋，似乎在商量，它们是在这里多玩一会儿，还是赶快去呼唤它们的伙伴。

故乡小河的桥下，小溪潺潺。小溪里的水草开始绿了，那圆圆的叶片，真像一个个娇嫩的嘴唇，在对着太阳唱奶声奶气的童谣，又像是被淘气的小虾挠了痒痒，忍不住摇摇晃晃大笑着。而穿过青石桥，那边的芦苇丛，那干枯的芦苇丛中，绿色的叶子冒了出来。它们好像没有童年似的，一冒出来就是那种一本正经的绿，一副小大人的样子。但它们毕竟还嫩着，没那么锋利，也没有那种韧性，否则，轻轻从手上划过，就会拉出一道口子。

我家院子里的枣树，有很沧桑的枝干和疙瘩，好像是被冬天的风吹成这样的，又犹如干裂的嘴唇一样。当它冒出细细的嫩嫩的叶子的时候，我的心里会生出一种莫名的感动。我好像看到了爷爷开心的笑容一样。麻雀在枝头鸣叫，叫声也清脆了很多。偶尔，喜鹊会在高大的疤树上发出欢快的叫声，似乎在报道着一件未知的、值得惊喜的好消息一样。

春天到来的时候，故乡的一切似乎都充满了希望。无论人们走路的姿势，还是人们的笑容，都像是被注入了一种快乐的力量。而那低矮的房屋，房瓦顶上摇曳的瓦松和干枯的狗尾巴草，好像都要给这充满生命力量的一切让步一样。苦难，贫困，阴影，都被刷上了一层绿色。

紫色的燕子飞来了，这种轻盈的小鸟，一会儿高，一会儿低，好像在给人们表演舞蹈一样。它们从来都很难保持平行的飞翔姿势。有趣的是，我们家的窑洞里，也有一个燕子的巢，就和我们吃饭的饭桌近在咫尺，我们吃饭的时候，就会听到小燕子们的鸣叫声。但奇怪的是，我们全家人都不觉得鼓噪，也没有人去赶它们。即便它们的粪便有时候落在屋子里的地上，也没有人觉得愤怒。故乡人的善良和朴实，由此可窥一斑。我还记得小时候的一些农业谚语，和燕子有关。比如说：燕子低飞蛇过道，大雨不久就来到。它还能预报天气。

当阔大的泡桐树撑起一柄柄绿色的巨伞的时候，太阳的温度一天一天高了。植物们所有的叶子都完完全全地舒展的时候，夏天就来了。春天就像是蝉蜕一样，保留在人们的记忆之中了，闪闪发光。

像猎狗一样去找书

题记

我像猎狗一样，有着灵敏的嗅觉，谁家有书，那是逃不过我的鼻子的。

童年的读书生活，是贫瘠而又丰富的，贫瘠的是没有什么好书读，丰富的是逮到什么读什么。这份读书的自由、快乐，不一定是好书或者经典能够带来的。就像一只快乐的蚂蚁，在大地上随便行走，不一定非要什么目标，不一定非要走什么路。

自从小学三年级读了第一本长篇小说之后，我对阅读产生了浓厚的兴趣，就像上了瘾一样。我疯狂地迷恋上了读书。其实，在我看来，一本自己喜欢的书，比好吃的好玩的威力要大得多了。我宁愿称呼书是“快乐的源泉”。它给人记忆中留下的是长久的乃至永恒的快乐。它更像一粒种子，埋在人记忆的沃土里，发芽，长成参天大树。

爱上读书，是幸福的，但痛苦也随之而来。我的小村，只有一个小小的新华书店，且是三六九集日才开门。我们家大人多，孩子多，日子过得很清贫，没有钱买书。我都没记得我在新华书店买过什么书，更何况那个新华书店的店员对我们这些孩子从来都是一副凶神恶煞的样子，他经常是丢给我们一句很不耐烦的话：不买别看！

所以，我像猎狗一样，开始从村子里面寻找书。无论是大人，还是孩子，只要有书，我就会像磁铁一样紧紧地吸着他，直到把书借来。

我有一个同学，他家在村的西头。有一次去他家找他玩的时候，我发现他正在苹果树下专心致志地看一本书，我进了他家的院子，他都没有发现。那本书很厚，发黄了，就像发酵过度的面团一样。我好奇地问他：“这书好看吗？”他美滋滋地说：“真带劲儿！”儿时看到喜欢的书，评价最高的一句话就是“带劲儿”了，这句话和现在的“给力”差不多。我说我看看，他说他还没看完呢。我看得出来，他对我的到来不大高兴，因为我打扰了他阅读。我努力让他放下书并放松警惕，然后装着漫不经心的样子说：“这书有那么好看吗？”他肯定地说：“当然！”这本书的名字叫《红日》，过去拍过电影，现在拍成了电视剧。那个时候，我对有关战争的文学书特别地迷恋，现在依然如此。

于是，我开始施展我的软磨硬泡的“蘑菇功”，想借来看看。他起初是不答应的，但架不住我再三地恳求，最后答应了，条件是：三天之内必须还给他！这个当然没问题，小时候读书没别的，只有一个“快”字，古人读书的“一目十行”实在不算什么本事，现在的孩子估计每个人都能做到。更何况一些现代人写的作品，空上十行二十行不读，依然能衔接得上。但那么一本厚书，读完，的确是要花费一点时间和精力的。白天读书的时间有限，因为需要上课，偷偷读很不过瘾，所以，只有利用晚上的时间大张旗鼓地阅读，才能充分享受到阅读的乐趣。

小时候读书，处处受限制，但都是以爱的名义。父亲和老师怕我荒废学业，而爷爷则是怕我读坏了眼睛，读坏了脑子。读这本书有一个很有趣的故事，这个故事写在我的《藏在被窝里读书》那篇散文里了。那天，基本上和爷爷捉了一晚上的迷藏。一本好书，就是勾心的小虫子，尤其是读到关键处，那种欲罢不能欲罢不休的状态很让人难受，似乎整个魂儿都丢了。另外，同学催促的时间很重要，如不能按期归还，不仅友情受到威胁，而且以后不可能再借到别的书了。当然，我如期归还了。他问我："怎么样?"我说："特带劲儿。"他嘿嘿笑了，意思是他的眼光很准，尽管在笑，还不忘翻翻书，看我是不是把书弄坏了什么的。

一个人有点爱好，是不容易的事，要保全自己的爱好，那多多少少都是要付出代价的。代价有时候还很沉重。我读那本没皮没尾的《苦菜花》，却是吃了一个大苦头。

那一次，我去一个和父亲关系不错的朋友家里。在他家的土炕上，我看到了一本书，发黄，卷边，没皮没尾。我想借来看看，但人家不同意。那位大叔说："这本书有毒的!"我不知道啥是毒，以为是被农药泡过的。我说："没事的，我小心点!"我还特意把书放在鼻子底下闻了闻，没有发现农药的味道。他笑了。那个时候，我并不知道"毒"是啥意思，这个有"毒"的书，读了有害，若是被别人知道，或是告发，那可了不得了。我软磨硬泡了一下午，竟然没有把这本书借到手，这让我非常难过。但我毫不气馁，第二天，我又去借书了。

我去的时候，发现这位大叔在干活。他家里伐了几棵很粗很笔直的白杨树。他正挥舞着刮刀，刮树皮。我不容分说，抢过人家手里的刮刀，就开始帮人家干活了。其实，我从小体弱多病，干活很不在行的，在家里，常遭父亲的白眼，而且我连两个小弟弟都不如。但我为了借到这本书，挥汗如雨地给人家刮树皮。不知道干了多久，我才发现父亲来了。这位大叔很尴尬地笑着。父亲冷着脸，恼羞成怒地说："怎么，吃饭都不回家，还要我来找你？"我吓得丢掉刮刀就跑掉了。回到家，我挨了一顿老拳，父亲狠狠地训斥我，自己家里的活还没干完，放着不干，竟然帮别人干活。父亲的恼怒，我很能理解，这不等于是帮别人养儿子吗？但他根本不知道我是为了那本书……但我要是实话实说，那样后果会更严重……

我像猎狗一样，有着灵敏的嗅觉，谁家有书，那是逃不过我的鼻子的。非常有趣的是，我竟然有了几个小几岁的朋友，他们有的是我同学的弟弟。他们都是小书虫，而且在借书给我读方面是比较慷慨大度的。几十年过去了，他们有的依然是我的朋友。很可惜的是，估计他们都放弃阅读的习惯了。

童年的阅读，是真正的乱翻书。没有读过什么必读书，也没有什么人指导，但我像一只猎狗一样，疯狂地寻找着自己的猎物。这份饥馑，这份自由，也是阅读的一种快乐和幸福。

屋顶上的书

题 记

屋顶上的书，清晰地映入我的眼帘。在绿草和青瓦（已经变成黑褐色了）之间，摊开的书页洁白，醒目，就像一只贝壳，张开着，不小心被冲到了岸上。

一个人的记忆中，并不总是美好的事。哪怕一种良好的习惯的形成，也包含着许许多多的辛酸和血泪的。爱，喜欢，这些令人愉快的情感，犹如大自然中的植物一样，也需要历经风雨雷电的摧残和折磨的。只有战胜一切的阻力，树才能慢慢长高，花才能徐徐绽放。

我很小就喜欢阅读，自从小学三年级开始阅读第一本长篇小说之后，就疯狂地迷恋上了阅读。什么爱不释手、手不释卷这类的成语，恐怕也难以描绘和形容我对阅读的热情。这倒不是说我有多么顽强的意志，而是说我太脆弱，无法拒绝书的诱惑。但我仅此一个小小的爱好，在早期的萌芽过程中，遭受到的挫折和打击，多年后想起来依然让我眼眶潮湿，感慨大大地不易。我似乎是一只小小的动物，每读一本书都要用头撞击坚硬的墙壁。

这墙壁的构成元素，可能是父亲，可能是老师，可能是整个世界。

童年的阅读，一直是偷偷摸摸进行的。父亲，老师，犹如两个高明的监工，一个在家里监视，一个在学校监视，只要发现我在阅读课外书，轻则遭训斥，重则挨老拳。所以，我特别喜欢打猪草，一个人挎个篮子，悄悄往篮子里塞本书，到田野上去阅读；打满了猪草，又把书塞进草下面，深深地藏好。看多了谍战片，就觉得自己小时候读书的经历，真像是在搞地下工作。而父亲和老师就像是军统和中统的老特工。这样的比喻没有不恭敬的意思，而只是说感觉相似。

放任的阅读，是不好的；严重的偏科，麻烦更是巨大。无论是父亲，还是老师，他们都认为课外书是影响我学习成绩的罪魁祸首，所以，他们的打压手段越来越残忍，越来越粗暴。父亲的耳光和拳头是家常便饭，而老师曾当着我的面把我的课外书一页一页撕掉，那书页像蝴蝶一样在空中飞舞。我没有眼泪，只有悲伤。我没有妥协，只有坚定。我承认，书籍的力量实在是太大了，精神上的羞辱和肉体上的疼痛，都能在书中得以治疗。所以，我渐渐承认了一个事实：爱读书，就需要付出这些代价。虽然我时常很警惕，但真正阅读起来，整个世界都会被我忘记，所以当父亲或者老师来到我身边的时候，我浑然不觉。当我发现的时候，一场暴风雨就来临了……

我上小学六年级的时候，有一次上数学课，我装成认真听讲的样子，私下里却把一本课外书放在了抽屉里，摊开。我的位置靠着窗户，外面是校园。我的同桌是一个女同学。有时候阅读入迷的时候，被老师提问，我会惊慌失措，站起来四顾左右，不知道老师是让我回答问题，还是别的，这个时候，同桌女生就会小声提醒我，重复一下老师提出的问题。奇怪的是，我竟然受到过数学老师的表扬，尽管我的数学成绩是全班最差的。老师说：“你们数学太差了，你们要向安武林学习，数学不行，语文好点也行啊！”这种恨铁不成钢的口吻和神态，很多年之后依然在我脑海里出现。大约，每个老师都是怀着这样的仁慈之心的吧。

那天，我正看得入迷，突然感觉窗外有个人影一晃。我心里一沉，坏了，是语文老师，他是我的班主任，估计在窗外已经偷偷观察我很久了。我赶紧把书合上，挺胸抬头，听数学老师讲课。但一切已经晚了，只见语文老师铁青着脸，怒气冲冲地走进了教室。数学老师正在讲课，也愕然了，不知道发生了什么事。全班同学的目光都聚焦在语文老师的身上。语文老师直奔我的座位，一弯腰从我的抽屉里取出了那本厚厚的小说，然后冷冷地对我说：“你出来一下！”

我跟着语文老师走到教室外面，几步路，好像走了一万里一样，黑暗，阴郁。我不知道等待我的是什么命运，但我更关心的是他手里拎着的那本书的命运。书页摊开着，大约是语文老师走得很急，书页在风中沙沙乱响，好像在呻吟一样。

在教室外面院子的中间，他站住了，猛然转身，然后目光炯炯地盯着我，右嘴角习惯性地向上一撇，然后把书在我眼前一晃，再一用力，书便像一只白色的鸟那样飞上了教室的屋顶。屋顶的瓦上有绿色的青苔、丰满的瓦松，还有一些高高低低的青草。而在教室的旁边，是一棵倾斜的、粗壮的泡桐树。学校的钟（一节火车的铁轨）就悬挂在上面。

语文老师冰冷而又粗暴地说了一声："站着！"说完，倒背着双手回自己的房间了。

屋顶上的书，清晰地映入我的眼帘。在绿草和青瓦（已经变成黑褐色了）之间，摊开的书页洁白，醒目，就像一只贝壳，张开着，不小心被冲到了岸上。

我很奇怪我当时怎么没有眼泪，也没有特别的悲伤，只是虔诚地祈祷着：书不要被雨淋坏啊，不要被太阳晒伤啊。

在我眼里，每一本书都是一个生命。

我记不得那本书的名字了，如果记得，我一定会再买一本，纪念它远逝的兄弟。

爱的另一个名字

题记

一个人在童年的时候，根本不理解什么是爱，对于隐藏的大爱和深爱往往是难以识别的，相反，可能还会误解，甚至会产生恨的念头。

小时候，我就观察到了一个有趣的现象：爷爷那么强大的男人，竟然也会怕。就像庞大的气球害怕针尖，看似坚实的土堤坝害怕蚂蚁一样。

我喜欢游泳，大水库，小水库，小池塘，小溪里，家乡所有能游泳的地方，我差不多都游遍了，但都是偷偷摸摸地游的，因为一定要背着我爷爷。如果让他知道了，那就等于平地刮起了十二级台风，咆哮，怒吼，电闪雷鸣，能把我的魂都给吓飞了。可是，童年谁能抵挡得了水的诱惑呢？大人越禁止的东西，孩子越觉得刺激、有趣。

我偷偷游泳，等于是和爷爷玩捉迷藏的游戏，真真假假，虚虚实实。爷爷总是不信任我，只要夏天天气热，我有那么一两个小时不在家，回来时爷爷必然要问我：去干什么了，是不是游泳去了？我，永远只有一个答案：没去。但爷爷自有鉴别的办法，他会让我挽起裤腿，用指甲轻轻在我的腿上一划，游泳没游泳、真话还是假话，马上一清二楚了。犹如“雁过留声”的格言所揭示的那样，大自然总会想方设法在一个人身上留下涂抹不掉、掩饰不住的证据。最惨烈的一次，就是爷爷追到水库去，抱着我的衣服回家了，害得我弄来两柄荷叶，前后捂着，光溜溜地跑回家了。

在这持久的游戏中，爷爷有点疲惫。他用央求的口气对我说：“不要游啦，水里淹死的都是水性好的人！”我当然是满口答应，但心里却一万个不认同。我总觉得，能被淹死的大概都是不会游泳的家伙。爷爷从来没有解释的习惯，他永远只告诉你答案，而不给你讲述过程。后来还是奶奶告诉我的，爷爷一个远房的侄子，在村里游泳技术是数一数二的，眼看着要结婚了，结果在水库里游泳被淹死了。所有的人都很惋惜。很多年以后，我有三次在海里游泳差点被淹死的经历，才终于相信了爷爷的话。不会游泳的话，只会在岸边扑腾，不可能去深水去，除非那种很不小心的人。水性好的人，才仗着水性好，艺高人胆大，却往往会发生意外。我当时是抽筋了，体力不支，差点去见海龙王。

我们小镇上有个废品收购站，会计是我小学同学的哥哥。我还上小学的时候，就喜欢去他的会计室玩耍，最主要的原因是，他那里有一些好书。我常常去他那里借书看，爷爷知道后，狠狠地训斥了我一顿。他的理由是，会计都是和钱打交道的，人家的票据和钱什么的万一丢了，就算你没拿，也说不清楚。那是个是非之地，最好远离。在我童年的印象中，爷爷是个很有男子汉气概的人，但他对这些芝麻大的小事如此关注，让我很不痛快。他的关注，不是像女人那样婆婆妈妈地唠叨，而是粗暴地训斥，武断地制止。我心里很不以为然，我知道我的为人的，我不可能去动人家什么东西，有什么好怕的。光明磊落的人，坦率真诚的人，都会有我这种想法。后来我才知道，爷爷原来在镇供销社干过，做过厨师，偶尔也在废品收购站帮过忙。他本来可以享受很多国家待遇的，但他在1960年左右解甲归田了。在他做厨师的时候，有一次去和会计聊天，结果会计的公款不见了，爷爷成了怀疑对象，据说接受了没完没了地调查，一连好几天。从此，他心里就有了一种隐痛。奶奶把这个故事讲给我听之后，我才知道了爷爷为什么不让我去会计室找同学的哥哥。爷爷的心血没有白费，我参加工作后，从来不去会计室、出纳室聊天。

虽然爷爷很少和我进行深层的交流，但我感觉我的一举一动都在他严厉的监视之下。严厉只是儿时的感觉，其实，那是柔软的呵护。我要是出去玩，衣服挂破了，一屁股泥、满脸泥巴什么的，爷爷见了只是笑笑，好像男孩子就应该这样，从不因为这些训斥我。但有一点，他严厉到了让我恼怒的地步。他从来都见不得我留长头发，只要我头发稍稍有点长，他就命令我去理发，没钱给钱，如不理，那就对不起了，不许吃中午饭。爷爷会铁青着脸，很威严地坐在饭桌上，直到看见我把头发理了，脸上的肌肉才会松弛下来、柔和下来。我搞不懂，爷爷为什么如此在乎我的头发。我心里抗拒，不满，愤怒，表情上自然有所流露。爷爷是看在眼里的。有一次，他语重心长地对我说："孩子，你打算做流氓啊？一个人名声要是坏了，找媳妇都找不下啊，你一辈子打光棍吧！"爷爷的话把我逗乐了，我是又好气又好笑。我一个小学生，爷爷就惦记着给我找媳妇的事儿了。这头发长头发短与流氓不流氓有啥关系！

后来，我上另一个县去读职业中学，没有了爷爷的管束，终于可以留长发了。那个时候，我喜欢写诗，读诗，于是想把自己打扮得像个诗人的样子，就留着长长的头发，而且是乱蓬蓬的。我的头发从小就是自来卷，头发一长，特别有味道。我的同学都很羡慕，夸我的头发：一看，就知道这是个诗人。

暑假的时候，我回到家。爷爷看见我的长头发，脸色大变。他命令我：马上理掉！我都成年人了，不是小学生了，自然想和爷爷理论理论，争取一下我的权利，捍卫一下我的头发。我嬉皮笑脸，一副无赖的样子，想在爷爷面前耍个赖什么的。没想到爷爷怒气冲冲地说了一句："好，你等着！"他气哼哼地跑回了屋里。我心里很紧张，坏了，依照爷爷的脾气，八成不是什么好事。我强作镇定。不大一会儿，爷爷出来了，手里拎着一根烧红了的细铁棍，冲着我叫道："好好好，你不要理发去了，来来来，我把你的毛给你烫烫！"爷爷冲我走了过来，我吓得掉头就跑，赶紧去理发馆把我的长发理掉了。爷爷那个人，我太清楚不过了，他是说得到做得到的。这是我怕他的原因。

爷爷怕的事情有很多，给我留下强烈印象的就这三样。这对我的一生都产生了至关重要的影响。现在我才明白，爱的另一个名字就是：怕！有爱的人，才会有所敬畏。

其实，一个人在童年的时候，根本不理解什么是爱，对于隐藏的大爱和深爱往往是难以识别的，相反，可能还会误解，甚至会产生恨的念头。所以，我一直都喜欢说：爱是人生最大的学问！

黄昏的等待

题记

孩子的这一分期待，这一分惊喜，我都是经历过的，因此可以感同身受。

黄昏的时候，我喜欢一个人到小河桥旁边去玩耍。

碰上小伙伴，他们会问：“你去小河桥做什么呀？”

我说：“去玩！”

他们会说：“天快黑了，那儿没有小孩子了！”

我说：“我一个人玩！”

他们会很惊讶，一个人玩什么呢？在所有孩子的意识之中，玩至少要有玩伴，多则十个八个，少则三五个，最少也要有一个，这样才有意思，有趣味。而一个人，大致会被认为有什么心事，或者是不合群，性格怪异。

我属于那种有心事的人，心里有一个燃烧着的秘密。我在焦灼地等待，兴奋地期盼，因为，爷爷自远方归来了。

我们一家人都在乡村，也没什么亲戚，所以，几乎没有获得过什么礼物。这对我的童年来说，是个巨大的缺憾。

爷爷零星去打工，给粮站做饭。他每一次出去打工，回来都会给我带一样东西回来，吃的，穿的，戴的，玩的。这让我小小的心充满了自豪、骄傲和满足。

那个时候，交通不便，通信不便，爷爷只能托人捎口信，说他什么时候回来。得到这个消息，我总是欢欣雀跃。

等爷爷要回来的那一天，我会早早地去小河桥边等他。母亲知道我是等爷爷，但并不点破。我往往是饭吃一半，丢下碗就跑了。

等待是焦灼的，漫长的。爷爷所在的粮站，在遥远的山上的一个小镇，几十里路，他骑自行车回来。

小河桥是村口，是爷爷的必经之地。

总是在朦朦胧胧之时，看见一团模糊的身影，骑着自行车远远地“飞”来，不用问，保准是爷爷。我就飞快地迎了上去。

爷爷诧异地问：“你在这里做什么？”

我说：“玩！”

我小时候很羞怯的，不喜欢被人点破心事，那样我会很窘迫，会脸红。

爷爷温暖的气息、散发出的浓浓的酒香，像一团火，把我笼罩在其中。我很沉醉，很迷恋。

我接过爷爷的袋子。爷爷默不作声。爷爷说翻别人包不是好习惯，他说过我很多次，但我就是改不了。我辩解说，爷爷不是别人，是我爷爷啊。这倒是真的，我从来不动别人的包的。陌生人的包，我会躲得很远。熟人和老亲戚来我家，他们的包我也不会动。

其实，大人的很多担心是多余的。

爷爷给我买过《林海雪原》中栾平戴的那种帽子，所以我被同学起绰号：小炉匠。我辩解：这是飞行员的帽子。不管家里多么富有的同学，都没戴过这种帽子，在雪天，非常暖和。扣上那顶帽子，在雪地里玩，就像是一只奔跑的大鸟。

爷爷还给我买过那种叫三片瓦的暖棉鞋，看起来很洋气。

爷爷还给我买过黑色灯芯绒鞋面的塑料底鞋，鞋底很多花纹。这一对鞋子可害惨我了。

那鞋底上的花纹被磨平以后，非常光滑。小学三年级，我和一群同学在教室前玩那种“接电线”的游戏，一方跑，另一方追，只要被对方用手轻轻拍上，那就等于是被“电死”了，被“电”的人就不能动了，只能等同伴来救。救的办法也如此，同伴绕过另一方的追击，轻轻一拍你，你就等于活了，赶紧跑。

我被另一方追赶，眼看着就要抓住墙壁了，在上青石板的台阶时，塑料底的鞋子一滑，我一头就扎下去了，眼角正好磕在青石板的棱上，顿时鲜血如注。几个同学赶紧带我去医院。我用手捂着眼角，一路上鲜血滴滴答答流个不停。到了医院，医生们也吓坏了，好家伙，差一点点眼睛就保不住了。有同学跑得很快，把我的爷爷和爸爸也喊来了。

当时，伤口要做缝合，先要打麻醉剂，但我从小见针头就害怕，医生一取出针，我马上踢腾不停。几个大人硬是把我的胳膊和腿摁住，把麻药打上了。不一会儿伤口就不疼了，我只听见轻微的缝合声。我想：敢情这个和缝鞋子是一样的啊。

我最喜欢的，是爷爷给我买的那支手枪。男孩子和女孩子不一样，枪啊、车呀什么的，男孩从小就喜欢玩。绒布熊之类的，大多是女孩子喜欢的。看来，性别的特征，从玩具的爱好上就能推断出一些来。那支手枪，黑色的，比真的五四式手枪大那么一点点，前面有一个小小的塑料的盖子，一搂扳机，盖子就会飞出去。我小时候的玩具，安全性是第一位的，这个盖子打在人身上任何部位都没有一点事，只会感觉到一点点痛。

我童年的时候没有玩伴，所以，常常一个人玩。我拿着手枪，冲啊，杀啊，好像指挥着千军万马，喊得声嘶力竭，小腿儿跑得挺欢实。鸡呀鸭呀兔子呀，被我惊得四处飞散，真有点鬼子进村的感觉。在我家院子前的空地上，我的喊杀声吓跑了一切家禽，但令我生气的是，一只硕大的母猪慢慢悠悠在我面前走着，根本不理睬我。我把嗓子都喊破了，它还是置若罔闻。我气急败坏，一边喊“冲啊杀呀”，一边狠狠地冲它的屁股踢了一脚。我不踢它，它还慢慢悠悠地走着，我这一踢，它反而停下了。我第二脚飞上去的时候，它掉转过硕大的脑袋，向我恶狠狠地冲了过来，一边走，一边还哼哼，好像气坏了的样子。翻译成现在时髦的话，那意思可能是：小样儿，你敢踢我，看我不灭了你！

这只猪仿佛变成了狗，飞快地向我扑来，吓得我撒开脚丫子就跑。像我这样瘦小的体型，被它一撞，估计非飞出去不可。后来我引以为戒，再不敢招惹老母猪了。

爷爷外出打工的机会总是很有限的。而我，不解人间复杂，还在傻傻地追问爷爷："爷爷，你啥时候再去工作呀？"

孩子的这一分期待，这一分惊喜，我都是经历过的，因此可以感同身受。自从我的孩子诞生以后，我每次出差，都会给女儿买点礼物回来。

似乎，爷爷还在远方。朦胧之时，一团黑影就"飞"来了。我不知道，这一次，爷爷又会给我带来什么礼物，会给我什么惊喜，让我在梦里沉醉。

父　亲

题记

父亲笑了，笑得很开心，很惬意。

我对父亲没有好感由来已久，我相信我童年时代的郁郁寡欢与他有关。

我的父亲在外面，笑声有时很爽朗，很有感染力。在家里，他却表现得不苟言笑。

他缺乏热情，缺乏生命的活力。当然，他有他的原因。那时，我还不了解什么叫生活和命运，对于人生的看法，仅停留在粗浅的直觉上。他袖手或者双手插在衣袋里的姿势十分可笑，我不认为那是习惯问题，而是他愁苦不堪心态的一种自然流露。

我不指望他多尽一点我所渴望的父亲的责任，但我嫉妒他在玩牌或下象棋时乐此不疲的专注神情。更多的时候，我只能从母亲那里索取温暖。对于母亲，我怀着——始终抱有—— 一种钦佩和崇敬的态度。

我的母亲对我善待人生性格的形成起着决定性的作用。我最初的善恶观，几乎全部来自母亲。父亲的文化程度比母亲高，但我从来没有得到过父亲知识的养分。我的父亲没有耐心，他对我的好奇心相当嫌恶。而我的母亲，总是竭尽所能满足我的一切要求。记得那些温馨的夏夜，母亲给我讲故事讲得恹恹欲睡，有几次她坐着就进入了梦乡。而我的父亲早已鼾声大作。

别人评价我的父亲，总认为他是个十分随和的人，脾气好，但我根本无法接受这个荒唐的评价。他固执，专制，粗暴，刻薄，对我所做的一切都极为不满。他落在我身上的巴掌和拳头实在多极了，在这一点上他倒表现得诚实可爱。他的权威意识很浓厚：他是一家之主；他觉得他有权利坦率地表现他对我的爱憎。

我的父亲很平凡，很普通，他和一般的农村父亲没有什么两样。唯一有一点不同的是，他对我似乎有一种敌视，我是他发泄内心不满的对象。倘若我之前能了解他的背景和他的童年经历，我可能一点也不会责怪他。我像一只柔弱的、受到惊吓的小动物。我体弱多病，非常自卑，而且我的天资禀赋又没有出色的表现。从初中开始，我的学习成绩始终是倒数第一名。我严重偏科，这种后果注定了我必然经历颠沛流离的人生之旅。唯一的安慰是我的语文成绩遥遥领先。我的父亲对此无动于衷，他觉得我的一切努力都是徒劳的。

我在躲避他，他浑然无觉。我有想法，有要求，总是偷偷讲给母亲听，母亲总会想方设法满足我。母亲没有想到这样做的后果是使我越来越远离父亲。我对父亲不抱任何希望。直到我上了初中，我的母亲才意识到事态的严重性。有一次，我向母亲要钱，母亲说：向你爸爸要去吧。我不愿意，我不愿向父亲张口，他的脸色太难看。可怜的母亲向父亲要钱，被父亲断然拒绝。父亲很生气，他感觉自己受到了冒犯。

我与父亲的关系日趋恶化，我要是不开口，他绝对不会同我搭话。我们形同陌路，心的距离越来越远。我的母亲很尴尬，也很难过。她抹着泪对我说：孩子，他终归是你父亲呀。有什么，你可以直接对他讲呀。我又没有承认他不是我父亲，但我不想让他站在封建家长的位置上施舍我。我不想让母亲伤心，所以需要用钱时就去向爷爷索要。在我的记忆中，“父亲”这个词语与温暖无关。我也记不起任何与父亲有关的温暖感人的细节。

初中没毕业，我便辍学回到村里。那时，我的一些文章在县、市小报上开始发表。我的父亲突然转变了观念，大约他认为我已经长大了，而我确实开始了谋生的生涯。我跟爷爷学了一套炸麻花的好手艺。父亲非常兴奋地向我提及他上学时的种种荣耀，他说他的作文成绩很优秀，经常作为范文被老师朗读，有的作文还被张贴在教室的板报栏里。母亲很高兴，她认为我们父子之间能够融洽地谈话是一个好兆头。我不会打断父亲的激情，也没有不恭的表示。那时，我努力尝试着理解父亲。

我上了职业中学后，诗文时常见诸报端，在中学生文坛上小有影响。有一天父亲突然来了一封信，他在信中说，你的王老师病故了，我代你祭奠了王老师。王老师是我的文学启蒙老师，是王老师竭力说服父亲对我抱有信心的。我之所以能上职业中学，也是王老师与我父亲进行了几个小时的谈话后，父亲才决定的。

我泪眼蒙眬，悲恸大哭。王老师对我抱有两个希望，一是在文学上搞出点成就，二是盼我早点结婚。他可不想让我为了文学梦而打一辈子光棍。父亲理解我与王老师的感情，他代表我祭奠王老师的行为，才稍微平复了一点我的悲痛和遗憾之情。哦，父亲，谢谢您。

我从遥远的职业中学回到家中，弟妹们高兴地抢走了我的提包。父亲笑着说：回来啦。他很高兴，但是不善于表达他的感情。弟妹们翻阅着我发表文章的剪贴本，吵吵嚷嚷，欢喜异常。母亲乐呵呵地说：给我念念。我给弟弟妹妹写过诗，给爷爷写过诗和散文，母亲和奶奶也有，写得最多的却是爷爷和母亲。母亲问我：有没有写给你爸爸的？我尴尬地望着父亲，父亲抽着烟，也用充满期待的眼神望着我。我说：哦，有的，我没带回来！

父亲笑了，笑得很开心，很惬意。

躲在棺材里看书

题记

我的整个童年，都是被爷爷呵护着过来的。他的严厉中包容着的宏大无边的爱，是我很多年很多年以后才发现的。

一个很熟悉我的年轻编辑，约我写写童年躲在棺材里看书的故事。他说这个像看惊悚大片一样过瘾，孩子们一定喜欢看。

我想这个故事他一定是听他爸爸或者妈妈讲的，这个故事传得有点儿邪乎了，似乎有些以讹传讹，所以，我需要纠正一下。但是，棺材和书这两个关键词都在这个故事里面，而且有着密不可分的关系。

我从小很害怕死亡的，尤其害怕左邻右舍办白事。那黑漆漆的棺材，总是让我不寒而栗。而小时候母亲给我讲的鬼故事，成为我想象力中最活跃的分子。我总在想两个问题，一，万一活人还有一口气被关在棺材里，那如何出得来？二，棺材钉得如此严实，那鬼是如何跑出来的？

我很小的时候，父亲就给爷爷打好了一口棺材。那口棺材放在我们家东面的窑洞里。我心里有点害怕，又很不高兴。有一次，我问父亲："我爷爷身体那么好，你为什么做这个东西？"父亲说："你爷爷上了年纪啊，后事要准备好！万一你爷爷有事，那我们会措手不及的。再说，上了年纪的人，都喜欢早早安排自己的后事！"

我不能理解父亲的话，但我知道的是，爷爷特别高兴。这一口棺材（我们乡下叫寿材）是上好的柏木做的，很厚。我们家里比较穷，父亲去山里做水库的大工程负责人时，在山里买了这些材料。如果按照我们家的经济实力，估计到我爷爷亡故后，也买不起这样的棺材。

爷爷很高兴，尤其是听到别人夸他儿子孝顺，给他准备好这么好的寿材，他的嘴巴笑得都合不拢了。在平日里，即便是白天，我也不敢去东面的窑洞里，因为那间窑洞光线不好，屋子里本来就阴影重重，要是再看到那口棺材，我的头皮都会发麻，后背也会发凉。

那个时候，我疯狂地读书。夜里，在油灯下，奶奶纳着鞋底，爷爷躺在炕上打着呼噜，而我爬在炕上读书。读到有趣处，我会忍俊不禁哈哈大笑。这时，爷爷会猛然睁开眼睛，目不转睛地盯着我。

他也会爬起来，仔细观察我的脸和表情。他轻轻地问我："孩子，你笑什么?"我说："说了你也不懂，哈哈哈，真有意思!"爷爷没有文化，不认识字，我给他说他能懂吗？再说了，我读到要紧处，也不喜欢爷爷打扰。

爷爷忧心忡忡地长叹了一声说："我看你是病了，病得不轻!"

我马上反驳他："我没病，我好好的!"

爷爷说："那你笑什么，我看就是读书读出毛病了，不正常!"

爷爷告诉我，邻村有个小伙子，读书读出病来了，到医院还不好治。多年以后我才明白，那可能是精神病，和读书没有什么关系的。

第二天下午放学后，我突然发现我所有的书都不翼而飞了。我像疯了一样，找遍了家里的角角落落，都没找到我的书。我问家里所有的人，大家都说没看见我的书。

后来，我想可能是爷爷把书藏了起来，因为我问爷爷的时候，发现他的表情很怪异。对了，书估计是被爷爷藏在窑洞的顶棚上了。

我有恐高症，但为了我的书，也顾不了那么多了。我搬来梯子，让妹妹帮我扶着，摇摇晃晃、颤颤巍巍就上到顶棚上了。可是，那里除了杂物，根本没有我的书。

我从梯子上下来，眼眶里盈满了泪水。

妹妹一看，赶紧劝我："哥，别哭，我知道藏在哪里!"

她看看左右无人，小心地指了指存放爷爷棺材的那个地方。我心里害怕，就拉着妹妹一起走了进去。这里是我找过的地方，书在哪里呢?

妹妹用手一指棺材。

也不知道是因为知道书的下落了，还是因为想到爷爷居然将书藏到这个地方了，我高兴起来了。

我心想："爷爷可真会选地方，打死我，我都想不到我的书会被爷爷藏在这里面。"

我去掀动棺材的盖板，可是，盖板纹丝不动，好沉，我一个人竟然搬不动它。

我对妹妹说："来，帮帮我，我们一起抬。"

盖板终于打开了，哈哈，我的书全在里面。我把书全部抱出来，又和妹妹一起把盖板合上。

我再开始阅读我的书的时候，发现爷爷一句话也没有说，好像他从来没有藏过我的书，所以他也犯不上问我是怎么找到的一样。爷爷的脾气很暴躁的，妹妹非常害怕帮我找到书之后爷爷会收拾她。

但，什么也没有发生。

也许，爱，就是这种东西吧。做了，不用说。错了，不解释。

我的整个童年，都是被爷爷呵护着过来的。他的严厉中包容着的宏大无边的爱，是我很多年很多年以后才发现的。就像我发现了藏在棺材里的那些书一样。

藏在被窝里读书

题记

我睁着眼睛，一直注视着窗外的夜色。听见爷爷的鼾声，我忍不住又悄悄地拉亮了电灯。

小时候家里穷，但家乡更穷，没有地方可以去买书。即便有买书的地方，但因为没有钱，所以，借书成了我主要的阅读方式。我像一只警觉的猎犬一样，无论大人和孩子，只要我能从他身上闻到那股特有的书香味道，我一定会软磨硬泡把人家的书借来一读。因为别人催得紧，所以我的看书速度很快，差不多是一目十行，估计我的快速阅读法就是借书培养出来的。

有一次，我到一个同学家里，看到他正坐在苹果树下的小桌子旁，读一本发黄的很厚很厚的书，聚精会神。

“这书有那么好看吗?”我问。

同学肯定地说：“当然!”

我说：“我先看，我看得很快的。”

他说：“不行不行，我也是借来的。再说，我正看到精彩处，不看，难受。”

我说：“我家里正炸麻花，我带你去吃。先借我看吧!”

我这么一说，他有点动心了。毕竟，物质的诱惑远远大于精神的诱惑。我看见他很贪婪地咽了一下口水。我们谈妥了，三根麻花换三天先看书的权利。

《红日》这本书，差不多像砖头一样厚；尤其是，书已经发黄，就像发酵后的面团一样，膨胀了许多，显得更厚了。我不分白天黑夜玩命地看起来了。而那个同学，每天都差不多要问我看了多少页，像催命鬼似的。

我从小和爷爷、奶奶、弟弟睡在一张大炕上。电灯的绳子，被爷爷接了一根布条，所以很长，长到可以拉到爷爷的枕头边上。爷爷每天晚上负责熄灯，催促和监督我们睡觉。那天夜里，我看得入迷，爷爷说：“快睡，我要关灯了。”我说：“等等，还有几页，马上就好了。”不知道过了多久，“吧嗒”一声，爷爷把灯关了。屋子里黑乎乎的，我没脱衣服，就钻进了被窝，但是，那看过的故事情节像电影一样在我脑海里闪现，而故事的发展又牵动着我的想象力。我睁着眼睛，一直注视着窗外的夜色。听见爷爷的鼾声，我忍不住又悄悄地拉亮了电灯。

“明天还上不上学啊，啊？”突然，爷爷大喝一声，吓得我一哆嗦。不知道爷爷什么时候醒的，他的声音很大，在夜深人静的时候显得格外响亮。

我赶紧又钻进被窝，脱掉衣服，这一次，假装真的要睡着的样子。

灯熄灭了。不一会儿，爷爷的鼾声像摩托车发动机的声音一样，又响了起来。

我突然感到腿边有个冰凉的东西，顺手一摸，呀，手电筒。我欣喜若狂，看来可以继续阅读了。

我用被子把自己裹得严严实实的，缩作一团，开始继续看书。我不时要掖掖被角什么的，怕手电筒的光亮会暴露我的秘密。但这样的小心，总不能持久，因为故事太迷人，书太好看，所以警惕性渐渐放松了。

突然，我发现自己的被子被人揭开了，很冷。爷爷被气得笑了起来，哈哈大笑着说："你跟我玩捉迷藏呀。"我说："我睡不着啊。"这一次，爷爷没有生气，而是慈祥而又关切地说："天都快亮了，你睡一会儿吧。"

啊，天快亮了？可不是吗，窗外天空中的黑色像海水退潮一样慢慢远去。我赶紧丢掉手里的书，合上了眼睛。

那一夜，我和爷爷玩了有六七次捉迷藏的游戏。多年后，我一直保持着躺在被窝里看书的习惯。看书累了，睡得会格外香甜。

遥远的快乐

题记

也许，没有实际用途所带来的快乐最纯洁、最真挚、最恒久。因为所有带功利性的快乐，都会随着功利目标的实现而消失得无影无踪。

一

我喜欢摘抄一些优美的句子，于是很奢侈地买了几大本横格信纸。贫困的日子里，这不能不说是一种奢侈。

像搜集露珠、鸟鸣、花瓣、星光那样，我虔诚地、小心翼翼地把优美的句子堆放在本子里。

我想获得一些实际的好处，比如说期望提高作文的水平，或在写作时引用一些绚丽多彩的句子。

我发现，优美的句子我始终没有引用过一句；我作文水平的提高也与此无关。但我的快乐却因此而川流不息。

也许，没有实际用途所带来的快乐最纯洁、最真挚、最恒久。因为所有带功利性的快乐，都会随着功利目标的实现而消失得无影无踪。

二

小时候，家贫，小村穷，我常常找别人借书看。

借得一本书，爱不释手，如饥似渴，似乎是在挥霍别人的财富，老有一种庆幸和沾沾自喜的感觉。

在别人的花园里，得到人家的许可后，采撷了几朵鲜花，然后逃之夭夭。人家没有责备我，他愿意表示他的慷慨大度。

自己拥有，远不如向他人借取；自己拥有了财富，同时又会放纵自己的懒惰，此为富有者的贫困；向他人借取，虽然是种贫困的表现，但同时又会使自己变得勤快无比，此为贫困者的富有。

三

困守于小村，总喜欢想入非非：山的那面是什么？

想得久了，便央求父亲带我去山里的亲戚家走走。

父亲说：没什么，山的那面还是山。可是，他没有让我信服的理由和根据，除非我自己亲眼看见。

山的那面的确是山，我有点沮丧；同时，我想：山的那面还是山吗？我有点困惑。

一个希望破灭了，又一个希望悄然而生。人是多么渴望奇迹发生。

幻想是人生的灯塔，它总使人在绝望之时又期待柳暗花明。人就是怀着这样的信念和勇气跋涉的。

人生因怀想而美丽，人生因期待而充实。

四

爷爷一生嗜酒如命，喝的几乎都是高度的劣质白酒；他唯一的一瓶名酒，就是始终舍不得喝的那瓶汾酒。

有一次，我一不小心失手将酒瓶摔在地上，碎了。

我诚惶诚恐，提心吊胆，老老实实地等着爷爷的巴掌和呵斥。我想我是在劫难逃。

没想到，爷爷爽朗地笑了。

他说：“我闻到酒香，就等于喝啦。”

爷爷轻描淡写的态度，使我备受感动。

有的人斤斤计较于一些不值得计较的小事而不快乐，是不珍惜自己的心情呢。

五

我是在贫困中长大的，可我从来没有感受到贫困的不幸，相反，我快乐无忧，充满了幸福的感觉。

一个人感受不到贫困的压力和痛苦，那么贫困就是无足轻重、毫无意义的。

听别人说起童年如何不幸如何悲惨时，我总想笑，因为他在困境中很畏缩，一方面没有勇气，另一方面缺乏志气。

大多数人，保留这份不幸的体验和感受，并不是想获得他人的同情，而是想获得炫耀的资本。

一旦他不能摆脱困境，终生困守于此，他可能就默默地忍受了。

我快乐，是因为我喜欢幻想。所有的石头上都开满了花朵，所有的荒芜处都长满了植物，幻想已经丰茂如此，我有什么理由感到悲哀和沉重呢？

油灯下的读书时光

题记

月光会从窗户的玻璃上洒进来，院子里虫子的鸣叫会从门的缝隙中传进来。若有风，枣树斑驳的叶影会在窗纸上摇曳。

一盏黑铁油灯

记忆中的一盏油灯，幽幽的，亮着昏昏蒙蒙的光芒。

如柠檬，如很远的月色。

那盏油灯，有一个黑色的底座，浑圆。中间有一尺长的一个小铁柱，拇指一般粗。上面，是一个莲花座的茶碗一样大的灯头，里面放一个药瓶子盛放灯油。

灯芯，大多时候，是用棉线做的，因为纸做的灯芯吸油不利。

这盏油灯，整个是用生铁做成的，有好几斤重，沉甸甸的。

打我有记忆开始，它就存在了，不知道是爷爷做的，还是上一代人传下来的，灯史已经不可考证。

如果考证，也不难，一问健在的父亲便知，但我不想弄明白。许多的美丽，一有答案便索然无味了。

如信仰，一经质疑，那种高贵的力量便会骤然冰消瓦解。

我喜欢爬在油灯下读书，煤油的味道很好闻；奶奶在油灯下纳鞋底；爷爷的呼噜声此起彼伏。

我读的书，都是小说、散文、诗歌，幸亏爷爷不懂这些。无论我读什么，只要是读着，他总是很高兴的。若是父亲，不是恶声恶气地责骂，就是没收了我读的书。

油灯下，流淌的光芒里，有一种宽容，有一份祥和的恬静。

童年，少年，都是和爷爷奶奶一起度过的。

那盏油灯里，盛着的似乎都是爱的汁液。

油灯下，惘然若失

油灯下，有时候也写作业的。

那时候，似乎作业很少，而爷爷，好像斗大的字不识一个。所以，他从不检查我的作业。不像现在的父母，都很有学问，动不动就要把孩子的作业拿过来，皱着眉头检查，好像包工头在检查工人是否偷懒一样。真不知道是父母欠孩子太多，还是孩子欠父母太多。

唯一的一次，爷爷突然心血来潮，要看看我的语文作业本。

我目瞪口呆，不亚于看见了外星人。

爷爷翻看着我的生字抄写，突然说了一句：“你看看你，写的字像狗爬一样。”

从小，我写字的速度就很快，几乎比所有同学都快。但致命的缺点是，写完了，我都不认得自己写的是什么字。这个习惯几乎保持了几十年。

“地基很重要，地基打得不坚实，整个楼都会变得歪歪扭扭的。”爷爷对我讲。

我很不客气地说："那您写一个，我看看。"

爷爷用粗大的手指，接过我手中的笔，在本子上一笔一画地写下了"小狗叫，大狗跳"几个字，工工整整。

油灯的火苗蹿了几下，似乎也想看看爷爷写的字。

我嗫嚅着说："爷爷，你会写字啊！"

爷爷躺下了，一声叹息之后，不再理睬我。

似乎，遥远的往事都在他的静默里摇曳。

爷爷像一个谜，他会写字，为什么后来不上学了？

昏黄的油灯灯光，一腔的心思。那些幽暗的光芒，很有点神秘的味道。

味　　道

在这孔黑褐色的窑洞里，油灯是和夜晚联系在一起的。

土炕，苇席，温暖的气息。

爷爷身上的烟味，酒味，以及煤油灯的气味，构成了这个休息空间最主要的味道。

厚重，温馨，平静，更重要的是，给我一种很踏实的感觉。

那拱形的窑洞，是嵌在土筑的城墙里面的。听爷爷说，日本兵曾经在上面站岗。而我和同伴们玩耍的时候，曾经在城墙的另一处挖出过子弹壳。

我常常会看着拱形的墙壁出神，一种恐惧的心理会油然而生。因为我怕它会塌掉，那么厚那么多那么重的泥土，会把我和爷爷奶奶都埋在下面。

看书时，偶尔会抬头看看墙，看看酣然入梦的爷爷，看看一针一线认真纳着鞋底的奶奶。闻着熟悉的味道，我有点奇怪，他们不怕吗？

尽管这是一闪而过的念头，但它们是如此强烈如此尖锐地在我的记忆中留下了深深的痕迹。

那个时候，能看到的书，纸页差不多都泛黄了。油灯的光线很暗，看到眼睛疲倦时，脑袋总会不由自主地往灯前移，书本不知不觉地往灯下凑。

突然，一阵奇臭无比的烧焦的味道直冲鼻孔。

我用手一摸，一大片头发焦灰落在书页上，味道让人闻着想吐。如果有人问我，世界上最难闻的味道是什么，我会毫不犹豫地回答：头发烧焦的味道。

爷爷的鼾声依然如故，奶奶不经意地看了我一眼。

第二天，爷爷会说："去，去理发，理得短一些。"

爷爷常常说我的头发像狗舔过的，而从来不说我的头发是被火烧过的。不知道这里面是不是有什么禁忌，但我知道在乡村，话是有吉利和不吉利的区别的。

还有几次，我读着读着，书本往灯前凑着凑着，脑袋不小心一碰，把油灯撞翻了。

屋子里顿时弥漫起浓郁的煤油的味道。

屋子里很黑很黑，黑得可怕。在黑暗中我抖抖索索地摸火柴，但总是奶奶先找到。

火柴划着时，很响亮的一声，那种强烈的磷燃烧的味道，非常刺鼻，好像硝酸铵化肥的味道。

冬天的夜里，烧炕，取暖，屋子里还有烧柴火的味道。

书香，是在心里的；我看的书，泛黄的书页只有发霉的味道。

油灯和书

那时候阅读的书，好多都是没头没尾的。不仅发黄，而且像个膨胀的面包一样，厚度加了许多。

《林海雪原》《苦菜花》《保卫延安》《创业史》……几乎每一本书里都有油灯。即便战争远去了，枪声远去了，刺刀隐去了，但油灯还在。

它摇曳在富有的和贫困的人的家里。

富人离不开油灯，哪怕仅仅是奢侈的需要；穷人也需要油灯，或者是勤劳的需要，或者哪怕仅仅是眼瞅着油灯发愁或者叹息的需要。

油灯，总是见证者，宽慰者，兴许还是希望的微光。

油灯似乎是从书里走出来的，而每一次合上书页，似乎也把一片灯光夹进了书中。

油灯和书很近；书和油灯很近；而那充满苦难但又坚定的日子也很近。

一泓春水。麦苗拔节。冬日暖阳。读书的感觉总是惬意而又舒坦的。

那个时候的书，总让人激动、冲动，能给人以力量。血液和心跳似乎都是汹涌澎湃的。书页的质地很刚硬，如同深深插进泥土中的犁铧。

只有油灯的光芒是恬静而又柔和的。

月光会从窗户的玻璃上洒进来，院子里虫子的鸣叫会从门的缝隙中传进来。若有风，枣树斑驳的叶影会在窗纸上摇曳。

看书累了，看一眼天空中的月亮，才知道什么叫月光如水。

要是洋槐花开了，没有什么能挡住它浓郁的香气漫进小屋。

没有战争总是好的，否则，我不知道我的小院什么地方可以挖地道而不被发现。

遥远的故事

爷爷的忧患总是深深地埋在心里。

他很少给我讲述他的过去，但他每讲一次，这些事情就会深深地镌刻在我的记忆中。

小时候，他打猪草遇见过狼。他手握镰刀准备和狼拼个你死我活，没想到狼看了他几眼就走了。

他在很小的时候就失去了母亲，十一岁就开始独自谋生。他给人家炸麻花，因为够不着油锅，就站在凳子上炸。那时，他已经做了师傅。

他曾被日本兵抓劳工，结果他从装劳工的列车中逃跑了。

爷爷像一本书。只是，他这本书不让我读第二遍。所有的故事，他讲过一次之后，就不再重复。

他仅仅感慨过一次：一代不如一代了。

也许因为我的单薄、瘦小、胆怯、腼腆，也许因为我病病歪歪，也许因为我马马虎虎，也许因为我缺乏男子汉的气魄、勇气、执着和毅力，也许……我让他失望却是真的。但他的爱却没有减少过一分。

他会严厉地催促我睡觉，怕看书看坏我的眼睛。

他会担忧地看着我因为读到有趣的地方而大声发笑的样子，然后询问我笑什么。他是担心我走火入魔，读书读疯了。因为邻村一个人读书读疯了。

仅有的一次，他把我所有的书都藏了起来。我发疯似的找了好几天，最后还是妹妹偷偷告诉我，爷爷把我的书藏在棺材里，我才找到我的书。

家族里的是非恩怨，他很少说给我听。千丝万缕的纠葛，差不多都是别人告诉我的。他只给我播撒爱的种子，仇恨从不告诉我。

其实，爷爷是我读过的所有的书中最好的一本书。我的乐观、善良、真诚，差不多都是从他这里继承过来的。

后来，我们村子里安上了电灯，爷爷把电灯开关的绳子接长了，放在他的手边。夜深时，他会不容分说就熄灭了电灯。

停电的时候，我们才会重新点燃油灯。这个时候，我才知道，久违的幸福和快乐是多么脆弱。

我不喜欢在电灯下读书，明晃晃的，似乎文字中的灵动之气全被烤干了。心浮气躁时分，怎么也找不到反刍和回味的感觉。

变

那个时候的天很蓝，太阳很亮，雪花很白。

夜，很黑。

如同四季，泾渭分明。

现在，我的油灯带走了一切。

书山书海，灯火辉煌，坐在我的书房里，我忐忑不安……

逝去的不仅仅是时间，老去的不仅仅是容颜啊。

童年，走过原野

题 记

对着阳光欢笑，对着雨点吮吸，对着天空撒娇。

哦，那小小的虾，猫着小小的腰，在挠你的脚心吗？

赤 足

松软的土地，有太阳的温度。

赤足，有无忧无虑的惬意和幸福。

高高的田埂，深深的犁沟，密密的青草，和不知名的小野树。

那些不知名的小野树啊，混迹在青草丛中，像坏坏的笑，想逃过大人的眼睛。

流浪的风，吹着口哨，在田野上肆无忌惮地嬉闹。

湿润的土地，有月亮的温润。

青草的味道，花朵的味道，星星的味道，露珠的味道，都浸透在松软而湿润的泥土里。

影子在奔跑，小鸟在尖叫。

飞舞的蝴蝶和蜜蜂，追逐着那一双裸着的双脚。

快乐和自由从脚心源源不断地传来，直到童年长成一株野草。

裤　　脚

裤腿挽得高高的，总想悄悄地隐藏一些秘密。

可是，总是那么不小心，被风扯下了裤脚。

露珠，把她的吻，湿漉漉地印上去了。

鬼针草，鬼头鬼脑的，把自己的暗器悄悄地挂上去了。

苍耳籽，无赖一样，不声不响地搭上了免费的列车。

太阳的目光总是那么强大，什么都可以一目了然，他只是呵呵笑着，或者假装恼着。

小小的裤脚，什么都包不住呵，就像一只青蛙怎么也吞不下一池塘的清水。

淘　　气

拽一把玉米须，粘在下巴上。

倒剪着双手，弯着腰，迈小小的八字步。

——看我像爷爷吗？

蚂蚁看也不看，匆匆地赶自己的路。

小溪停也不停，淙淙地唱自己的歌。

大树和小树的枝叶都在摇，但那是和风儿的嬉笑打闹。

一只老母猪哼哼着走过来，像是发出不屑的嘲笑。

狠狠地给它一脚，把它惹怒了，它掉过头，气势汹汹地向我冲过来了。

童年，被吓得落荒而逃……

落　　雪

那个时候的雪，总是很白，很厚，很轻。

飘飘洒洒。

像是仙女，在散花。

一条无边无际的白色银毯，牵引着许许多多的美丽来了……

——新年像个新娘子。

——清晨像个婴儿。

——每一棵树，都像一个美女，树上的麻雀，像美女唇角上的痣。

那个时候的雪，美丽得像一篇童话。

后来，那远去的雪和远去的童年变成了渐渐枯萎的神话。

枸　　杞

大地冬眠了。

风吹过，干枯的叶子在原野上翻卷，像是流浪的孩子。

大地上空空荡荡的，一无所有，像个把家产挥霍一空的赌徒。

哦，他不甘心，睁着血红血红的眼睛。

他也有过美丽的时光，有过富足，有过丰饶。如今，他只有这些回忆了吗?

水灵灵的枸杞果儿，红彤彤的枸杞果儿，圆溜溜的枸杞果儿，像宝石，像玛瑙。

更像是赌徒的眼睛。

大地小小的梦，大地小小的心脏，也是这枸杞果儿呀。

但他更像是赌徒的眼睛。

小　河

脚丫子蹚过故乡的小河。

嘴唇亲吻过故乡的小河。

那嫩绿的水草，水灵的水草，像微缩的水莲的叶片。浑圆。

难道，它们是小河的嘴唇吗?

对着阳光欢笑，对着雨点吮吸，对着天空撒娇。

哦，那小小的虾，猫着小小的腰，在挠你的脚心吗?

那躲来闪去的身子，那一串串忍俊不禁的清脆的笑，让这河水也笑了。

小河一路的歌声，一路的欢笑，从童年的那一边淙淙而来。

轻轻地，一点头

题记

我似乎看见他正走在路上，我喊他，他慢慢地转过身来，向我一点头，然后送我一个微笑……

小村里，有一个老头，驼着背，似乎永远都不慌不忙的样子，慢悠悠地沉稳地走着。当有人和他走个对面打招呼，或者从背后喊他，他都要先冲你轻轻地一点头，然后微微一笑，才开始和你说话。他的神态，显得很有修养，就像是大海，隐藏着无限的宝藏。

这个老头，是小村里的大人物。关于他的故事和传闻，有很多很多，但我不能确定什么是真的什么是假的。很多年很多年过去了，我依然搞不清真相，但我知道，他确实是个大人物。他还是我的文学启蒙老师。

那一年，我拿着一张纸条，永远离开了我的小学。

那是一张油印的“小学肄业证”。

从那个时候起，我开始了颠沛流离的人生之路。有的时候，我跟着父亲下地干活；有的时候，我跟着大伯父去几十里外的小镇或者县城去炸麻花。但大多数时间都在地里春种夏收，日出而作，日落而息。技术性很高的农活我干不了，只能干些力所能及的活，除草、打药、敲土块、施肥什么的。犁地、耙地、摇耧播种这样的技术活，我是做不来的。

雨天，夜晚，农闲的时间，我就抱着文学书津津有味地啃着。

偶尔，信笔涂鸦。

我一直在做文学梦，就像小学六年级在作文《我的理想》中所写的那样：我梦想着将来当一名作家。

有一天，我去镇上的高中玩耍，见到了一个熟悉的朋友。他对我说：“武林，你不是喜欢写文章吗？我给你介绍个老师吧，他是我的老师，叫王永禄，可厉害啦。”

我难为情地说："不不不，我不认识王老师。"

他哈哈大笑说："你呀，怎么还脸红了，像个小姑娘似的。别怕，王老师可好啦，走！"

他拉拉扯扯就把我拉到了王永禄老师的房间。

第一次看见王老师，我印象很深。他眼睛不大，但是很锐利。轻轻地，一点头，很和蔼，慈祥。他穿的是毛料的中山装，很出众，一看，很像个很大的官儿。尤其是他的头发，虽然花白，但直挺挺的，很像电影里将军的大盖帽勒出来的。

朋友向王老师介绍了我的情况，家贫，爱读书，喜欢写文章，想当作家。王老师始终微笑着，一言不发。当朋友介绍完，王老师才笑眯眯地说："好好好，把你的作品拿来我看看。这样，以后你有空就来我这里学习吧。"

我嗫嚅着，心里欢喜，但不敢答应。因为我怕父亲不同意。

我说了我的顾虑。

父亲和爷爷正憋着劲儿。

我在学校里不算好学生，爱读课外书是出了名的。班主任和我的父亲沟通过，父亲嘱咐老师，要是再见我看闲书的话，该揍就揍。父亲吓唬我爷爷，说如果再不好好学习的话，学校怕是不要你孙子了。爷爷很生气，发火道："学校不要，我要！"

当我拿着肄业证回家的时候，父亲幸灾乐祸地说："爹，学校这下不要你孙子了，你管他吧！"爷爷气哼哼的，但不那么理直气壮了。他哆嗦着说："废话，这是我孙子，我能不要吗？"

王老师听后沉吟一下说："好，我和你家里人谈谈！"

没过几天，一个黄昏，王老师真来我家了。爷爷和父亲都在。王老师动之以情，晓之以理，讲了很多。他说话很斯文，仿佛有一种不可拒绝的力量。不知道爷爷和父亲心里是怎么想的，但他们同意了。

从此，我就经常去王老师的办公室。

他给我本子，也给我书。本子是方格的作文本，他要求我严格地把文章写在方格里。那个时候，我喜欢写诗，一首一首的，热情似火，灵感源源不断。尽管很幼稚，但是充满了热情和激情。

每一首诗歌王老师都给我修改，甚至一个标点都不放过。每一首诗歌后面，都有他用红笔写的批语。王老师的字很潇洒，大，且有力，一看就有用毛笔写小楷和大字的功底。他告诉我，他们从前都不用钢笔的。很显然，他对毛笔更有深刻的感情。

我听别人说过，王老师原来做过国民党的大官。有人说他在司法部做过秘书，有人说他在行政公署做过什么官员。具体情况不得而知，但据说最后时刻他犹豫了一下，就没坐飞机去台湾。这样，他就留在了大陆。后来他遭过不少罪，再后来落实政策，他就做了一名老师。但我从来没有听他说过他的过去，也没有听他发过牢骚。我只听他讲过他和孔祥熙在一起吃过饭。他还说看过梅兰芳的戏。他还说自己舞跳得很好。对于他的过去，他只说过这么三句话，说完，面对我的好奇，也仅仅是一笑，不愿多说。不过他脸上洋溢着的快乐和幸福，让人能感受到他对辉煌过往的怀念。他惊叹梅兰芳是个大师，有一次演出时一个地方演错了，但大师就是大师，梅兰芳轻描淡写地化解了，并且赢得了一片掌声。

王老师喜欢古体诗词，偶尔还在《人民日报》上面发表一些古体的诗词。他还写日记，每天都要记录点什么。这个习惯他一直保持着。

有一次，我在露天影院看了一部黑白战争影片，觉得很有趣。我滔滔不绝地讲给他听，一边讲，自己一边哈哈大笑，笑得上气不接下气。他也笑，但那是微笑。当我讲完后，他轻轻地问了一句：“讲完了吗？”我说：“完了！”

他笑眯眯地说：“你讲的，我一句也没听明白。你讲故事，是给别人听的，别人没乐，自己先乐得不行，这可不好！要慢慢地说，一字一字吐清楚，前因后果说明白！”

有一天，我去他办公室，看见他脸色很不好，气哼哼的，似乎和人吵过架。一打听，果然。我的小学老师拿着几首诗向他求教。我的这位小学老师自我感觉特别好，觉得自己写的诗歌很独特，没想到遭到了王老师的批评，原因是他写的诗歌里面有讽刺梅花的内容。王老师是老派的文人，很认真，很严谨，指出梅花一直都是褒义的意象，而在这位老师诗里，梅花却成了势利的小人，会哗众取宠等。两个人产生了争执，王老师一怒之下，下了逐客令。我从来没见过王老师发火，他如此温文尔雅，要不是我那位小学老师太张扬的话，老人家也不至于气黑了脸。

王老师在小村里是个很有名的人，谁家的红白喜事，都会请他写对联、做账房先生什么的。他不抽烟，不喝酒，做事公正，所以很得大家的信赖。

轻轻地，他就那么一点头，我在他身边的美好时光就一晃而过了。

后来，我去了另一个县上职业中学。每一次回家，我都要看看他，把自己写的、发表的文章拿给他看。他很欣慰，鼓励我继续努力，千万不要放弃。

我上职业中学的第二年，有一天，收到了父亲的一封来信，父亲信中说，你王老师去世了，我代表你给老师祭奠了。我的眼泪夺眶而出，太突然了，来不及有一点思想准备啊。

我似乎看见他正走在路上，我喊他，他慢慢地转过身来，向我一点头，然后送我一个微笑……

天天吃饭

题记

我本指望爷爷给我撑腰，替我出出气，没想到爷爷听我说完后表扬我大伯父："你做得对，答应人家的活，怎么能丢掉呢？"

每天吃饭的时候，我都会想起我爷爷。想起爷爷的时候，这饭就吃得格外香。饭虽然天天吃，但这饭里面的学问可就大了。很小的时候，任何人都可以不去想吃饭的问题；但长大成人以后，不想这个问题那就是白痴。

有时候我不敢去想这个问题，一想，就会清晰地看到爷爷的那张忧心忡忡的脸。他忧伤地盯着我，口气里面有恳求，有忧虑，有强调，有慈爱，有……很复杂的情感。爷爷一辈子性格刚烈，专制，从来都没有对我小声说过话，但说这一句话，他似乎有无限的耐心，如同一个优秀的小提琴手，拨动了最柔软但最坚韧的那一根弦。

爷爷眯着眼睛，注视着对面的我。我知道，他已经表现出了极大的克制，怒火在他的心里熊熊燃烧。他随时会挥舞拳头，会扬起巴掌，或者抄起手头的什么东西向我砸来。我也不敢太放肆，调皮捣蛋一会儿，赶紧又忙手头的活。

爷爷从我小时候起就开始教我炸麻花。这是他一生中最重大的一个决定。

我是长子长孙，从小就身体不好，病恹恹的。据说我是从死亡线上爬回来的。我一出生，便得了支气管哮喘病，很严重，而且一天打五针，都不知道疼。我的身上全是针眼，护士拿着针头直哆嗦，不知道该往我身上什么地方扎。还是院长厉害，亲自给我扎了一针。但我爷爷狠狠地和院长吵了一架，和院长结了一辈子的仇。爷爷很孩子气，我知道爷爷大可不必如此，但他就是那个个性。

上学的时候，我学习成绩不好。在学校里，是有名的差生，老师很不待见。在课余的时间，我随着父亲下地干活，但我体力很差，一弯腰，就头晕眼花，两眼发黑。弟弟和妹妹们身体很强健，在干农活方面，我不如他们，所以我经常挨父亲的训斥，有时候还会被饱以老拳。在父亲的眼里，我不仅没有出息，而且是个废物。

我唯一的安慰，或者说唯一的温暖，就是爷爷的庇护。爷爷在场的话，父亲绝对不敢用拳脚对付我，因为爷爷也同样会对他饱以老拳。在几千人的村子里，几乎还没有哪个年轻人能和爷爷比比拳脚。来自学校和父亲的压力，让爷爷心急如焚。他在替我的未来担心，我靠文化吃不了饭，而干农活体力又不支。所以，他决定把他的炸麻花手艺传授给我，让我做个手艺人。

爷爷兄弟四个，他排行老三。他们炸麻花的手艺，都是他的父亲传给他们的。他年纪很小就开始做炸麻花的师傅，一生走南闯北。在南京的时候，因为他个子小，在凳子下面还要垫些砖头，他站上去，才够得着，才能把搓好的麻花下到油锅里。爷爷年轻时候，开过馍铺、麻花铺。母亲说，那个时候家里的钱很多，苇席下面藏的都是钱。母亲说那个时候她真傻，不知道藏一些，后来爷爷吸大烟，把钱全部挥霍了。这些事情爷爷从来没给我说过，都是母亲偷偷告诉我的。后来我们家几乎一贫如洗，差不多是村里最穷的人了。

爷爷说："好娃，你好好学，这是你一辈子的饭碗！"

我觉得很好玩，很有趣，一辈子的饭碗是个啥，天天吃饭啊，不就捧个碗吗？那时候我是个小屁孩，不知道爷爷说的饭碗和平时吃饭的饭碗不是一回事。乡村的语言都是很朴素的，简单，但又很形象。虽然二者不是一回事，但却有着内在的联系。没有爷爷说的"饭碗"，怎么可能天天捧着饭碗吃饭？一个人应该有基本的生存技能，他应该有能力获取自己所需要的食物。

从小学四年级开始，我就开始给爷爷打下手炸麻花，换句话说，就是给爷爷当徒弟。爷爷给我说过学徒的辛苦，干最重的活，师傅还不一定把手艺传给你。学徒满了三年，师傅才开始把真正的手艺传给你。其实，开头三年的时间，就是给师傅当苦力的。因为他是我爷爷，所以他一点儿也不会隐瞒。他要我好好学，专心点，不要偷懒。炸麻花虽然是技术活，但也需要强健的身体，比如说和面。一个大瓷盆，一次要放进去一袋面，甚至更多，还要掺几十斤的水，没有体力的话，根本无法搅动加水之后的面。加水之后的面，沉重得像一块巨大的石头，再要揉得均匀，像我这样的体力根本干不了。所以，每天清晨，都是爷爷把面和好，才喊我干活的。其实，我学习不到三个月，就已经出师了。在炸麻花这一行，我也算个师傅了。

我很小，没有那么大的定力和耐力，一会儿要喝水，一会儿要听收音机里的歌，一会儿偷看几页小说。这个时候，我就把没有完成的麻花往案板上一丢，忙自己的去了。当我重新坐好，爷爷会语重心长地对我说："干活要专心，你看这火，你看你这油，还有这发起来的面……忙完了再去干别的呀。"爷爷的话里面有两个意思，一个是他想把我培养成一流的手艺人，所以要求比较严；另一个意思是，不专心会加大成本，煤和油不停地燃烧和沸腾，每一根麻花所付出的成本会加大，也就是利润会很少。

后来村里来了一个算命的，是个女的，据说算得很准。母亲带我去算了一下，这个算命的说："你孩子啊，吃不了文化饭，做个小本生意还可以！"母亲苦笑了一下，我看她的眼角都有眼泪在打转。在回来的路上，她一个劲儿后悔，还不如不算。看来，算得真准，我就是手艺人，要吃这碗饭。母亲一生都是在愁苦中度过的，是在泪水中泡过来的。她回到家里，大哭了一场，说自己的命苦，孩子们的命苦。

炸麻花的手艺学成了，爷爷郑重其事地把我交给了伯父。我和伯父开始了走南闯北的打工生涯。他虽然是我的伯父，但他的炸麻花手艺却不如我。所以，我是搓麻花的，他是掌油锅的。在小学期间，我利用星期天或者寒暑假，跟着伯父去邻镇邻县的饭店炸麻花。我在邻镇炸麻花的时候，正好是赶集的日子，看我炸麻花的人差不多把一条街都堵了。我那个时候太小了，这么小就当麻花师傅的人绝无仅有，所以大家觉得很稀罕。干完活，我就去新华书店买书。更有趣的是，一个镇医院的医生，掐着手表，要看我一分钟能搓几条麻花。结果他大为惊讶，我一分钟能搓成四条麻花。这样的速度，差不多都可以被封“麻花大王”的称号了。

每一次我跟大伯父到外面干活回来，大伯都要给我爷爷汇报。给人家干的活怎么样，我表现得如何，丢没丢咱们的手艺。

在爷爷的眼里，我们宁可把自己累死，也不能把自己的名声搞坏。爷爷很看重名声和气节，一生都是个优秀的手艺人。有一次，我的手都搓得流了血，痛苦不堪，想丢掉活儿不干了，被大伯父呵斥了一顿。他拿着铁棍在炉子里烧红后，威胁我说：“你今天想走，试试看，我非烫你小子不可！”我本指望爷爷给我撑腰，替我出出气，没想到爷爷听我说完后表扬我大伯父：“你做得对，答应人家的活，怎么能丢掉呢？”

那个算命的似乎有先见之明，小学没毕业，我真的辍学了。我开始了颠沛流离的人生，后来一直都在饭店打工。那是爷爷传给我的手艺，我可以靠它来吃饭。很多年过去了，我依然记得爷爷那句发自肺腑的话：“好好学，这是你一辈子的饭碗。”当我端起饭碗吃饭的时候，我似乎就看见了爷爷的那张忧虑的脸，他似乎在问我：“能吃好吗？能吃饱吗？”在另一个世界里，他对我说：好好读，好好写！

夏天的味道

题记

爱，有时候就像莲子一样，被包裹得严严实实的，它需要你花费很长的时间，甚至是一生的时间，去剥，去煮，去品，去悟。

夏天，太阳就像是个巨大的烤炉，把植物们的味道全部烤出来了。在乡下，到处都是植物的气息、泥土的气息、花朵的气息。

但有一种味道，幽幽的，凉凉的，带着几分微苦的气息，以及浓烈的芬芳，会在风中飘扬。尤其是在午后，小风儿一吹，沁人心脾。那是水库里的水、荷花以及荷叶散发出的味道。

我喜欢水。像青蛙和鱼儿一样喜欢水。

我挺羡慕那些蝌蚪、河蚁什么的，就连那躲在水草之中蜷曲着身子的小虾，都很令我羡慕。在夏天，它们的生活充满了自由和快乐。它们不仅能躲开太阳的暴晒，而且还能感受水的清凉和惬意。

那水草，长得葱茏，娇嫩。陆地上的草是无法和水草比色泽的。似乎，水草都像水晶一样闪亮，从这一面就能看到另一面一样。

我喜欢游泳。但我不敢明目张胆地去，因为我怕一个人——我爷爷。他暴烈的性格在村子里是有名的。关于他的故事，村里的老人们讲起来会讲很多，而年轻人很敬佩他。据说，他曾经在地里跟最有力气、身体最棒的年轻人摔跤。那个年轻人不是他的对手，抱着他的腰腾挪半天，还是被他结结实实地压在了身下。

童年，我最惧怕的人恐怕就是爷爷了。惹火了他，话没说三句，他就会抄起屁股下面的凳子，或者顺手抄起一块砖头，向我砸过来。我只能飞快地逃走，逃得越远越好。还好，他似乎从来没有追过我。

当我跟着小伙伴们学会了游泳之后，经常会偷偷摸摸地去游泳。我知道，他反对我游泳，态度很坚决，粗暴，并威胁要打断我的腿。但我抵御不了水的诱惑、伙伴们的呼唤，所以，还是经常偷偷摸摸地游泳。童年很奇怪，大人越是反对的东西，我们越是想做，越觉得有趣，做了，还会产生自豪感和成就感。

童年，大家最喜欢玩的游戏之一是捉迷藏。但最刺激人的，还是和大人玩捉迷藏的游戏。

我常常撒谎，当爷爷问我是不是游泳去了的时候，我总是说没有。尽管说的时候很想笑，但恐惧的心理抑制住了我笑的冲动。起初，爷爷是相信我的。后来，他开始狐疑地打量我。有一次，我走进家门，看见爷爷在枣树底下的躺椅上躺着。

爷爷问我："干什么去了？"

我说："打猪草！"

我提着一筐猪草，放在爷爷的面前。

爷爷说："还干什么了？"

我假装不明白："什么也没干了啊！"

爷爷突然威严地说："说，是不是游泳去了？"

我心里一紧，结结巴巴地说："没，没有啊，真的没有！"

爷爷站了起来，说："有人都告诉我了，你还嘴硬。来，把裤腿挽起来！"

我不知道爷爷要做什么，忐忑不安地提起了裤腿。

他弯下腰，用手指在我的小腿上轻轻地划了一下，一道鲜明的痕迹暴露在阳光下，就像是犁铧翻开泥土一样。后来，我才知道，下过水和没下过水的人，用这个简单的方法一测试，就能被测试出来。没下过水的人，手指划过，什么痕迹也不会留下。

我的神经顿时紧张起来，眼睛死死地盯着爷爷的双手，看他有什么动作，以便随时躲闪或者逃跑。但爷爷并没有动手，只是很严厉地训斥着我。

爷爷指着枣树下大盆里的水说："这水晒了一天了，洗澡很舒服！以后不要再下水了！"

我胡乱地答应着，但心里很不以为然。游泳，怎么能和在盆里洗澡相比呢？我变成水里的小虫子，也不愿意待在盆子里呀。水库里的水是凉的，这盆子里的水是热的。哎，真没法说，不知道爷爷是怎么想的。

随着我年龄慢慢长大，爷爷的训斥少了很多，但他还是反对我游泳。

有一天，他突然说了一句很有哲理的话：“水里淹死的，都是水性很好的人。”

我承认爷爷说得很有道理。我不会游泳的时候，一般就只在岸边浅水里扑腾，撅着个屁股，玩狗刨。知道自己水性不行，所以我离深水很远很远，最深也只敢走到齐腰的深度，怎么都不可能被水淹死。当我水性很好的时候，那就不一样了，艺高人胆大，总觉得自己水性好，什么都不怕，所以，常常游到深水区域，且时间很长。

后来，奶奶告诉我，我爷爷的一个远房侄子，水性特别好，在水库里被淹死了。用奶奶的话说，叫还没娶媳妇儿，太可惜了。

可能是我年龄小的缘故吧，爷爷很少给我讲故事，讲过程，只是粗暴而又简单地下命令。就像我知道数学中的答案，而不知道这答案是怎么来的一样。我终于明白了，爷爷不是限制我游泳，而是替我担忧，怕我出危险。我是长子长孙，爷爷很疼爱我，但他对我的爱深深地埋藏在威严和粗暴里面，我体察不到他的仁慈和善意。

那个时候，我才上小学没几年，对人和人生的理解只停留在表面。

有一次，我去水库游泳。这一游，什么都忘了。我们几个小伙伴排成一小队，一个跟一个，像青蛙一样在水里游着，把自己想象成水兵那样。游着游着，突然，前面有人给我传话："不好了，你爷爷来找你来了！"我吓得像泥鳅一样，一下子窜进荷叶丛中，偷偷地向远处的河岸上看。我看不真切，距离太远了。我的耳朵里面灌满了水，也听不见爷爷的喊声。但这个时候我是不敢见爷爷的，生怕他盛怒之下暴揍我一顿。

后来，有人告诉我，爷爷走了，我才偷偷地从荷叶丛里面钻出来。

我惴惴不安地爬上岸，却发现我的衣服不见了。我像个没头苍蝇一样，急得团团转，在岸上寻找我的衣服。一个小伙伴告诉我说，你爷爷喊你半天，你没答应，他找到了你的衣服，抱回家了。

我脑袋“嗡”的一声，爷爷真够绝的啊，这比打我一顿更令我难堪。虽然我还很小，但我已经知道了羞耻，知道了性别的差异，让我光着身子从村里走过，怎么行啊？尽管我家离水库不远，但毕竟还要经过不少人家的。但这个时候，我发现，远处路上已经没有行人了。我稍稍松了口气。当看到圆圆的、碧绿的荷叶的时候，我想出了一个避免尴尬的好主意。

我采了两顶大荷叶，一手捂着身子前面，一手捂着屁股后面。两顶荷叶，把最关键的东西给挡住了。光膀子光胸脯，那是没什么的。即便如此，我还是一路贴着一户一户人家的墙壁走，不敢招摇过市。

当我回到家的时候，家里人早吃过中午饭了。母亲看到我的窘迫样子，忍不住笑了：“啊呀呀，这个样子啊！”奶奶是故意装着严肃的，而爷爷假装在睡觉。这样的惩罚，比揍我一顿更令我刻骨铭心。

夏天就那样悄悄地过去了，童年也就那样悄悄地过去了。但那种微苦的味道，芬芳的味道，像青涩的时光一样，令人怀念。

爱，有时候就像莲子一样，被包裹得严严实实的，它需要你花费很长的时间，甚至是一生的时间，去剥，去煮，去品，去悟。